AF198803

Texte: © Copyright by Samarra LeFay
Umschlaggestaltung: © Copyright by Alexander Kopainski
Illustrationen: © Copyright by Marco Tancredi

Verlag:
Samarra LeFay
c/o autorenglück.de
Franz-Mehring-Str. 15
01237 Dresden
E-Mail: diegedankenwelten@posteo.de
Herstellung und Verlag:
BoD – Books on Demand, Norderstedt

ISBN: 978-3-7494-9808-6

*Für Erik*

# Vorwort

„Wenn du Autorin sein willst, dann schreibe einfach!" Das waren die Worte meines Partners, als ich mich für einen Schreibkurs anmelden wollte. Weiter meinte er: „Kein Kurs kann dir die Zeit geben, die du benötigst. Die musst du dir nehmen. Und je mehr du schreibst, desto besser wirst du auch!"

Wie recht er damit hatte! Erzählt ihm das bloß nicht!

Seinem Rat folgend fing ich an, Kurzgeschichten zu schreiben und in meinem Blog www.diegedankenwelten.com zu veröffentlichen. Und ich liebe es – immer wieder in verschiedene Welten, Charaktere und Szenen einzutauchen. Von kleinen Alltagsgeschichten über Fantasy bis hin zu Thrillern ist auf meinem Blog alles zu finden.

Irgendwann kam ein Freund zu mir und fragte: „Kann ich deine Geschichte als PDF haben? Ich finde es ermüdend, sie in Blogform zu lesen."

Natürlich konnte er das. Trotzdem fing es danach an, in mir zu rattern. Ist er alleine mit diesem Problem oder geht es anderen ähnlich? Wäre es nicht viel toller, wenn er und ganz viele andere die Geschichten als E-Book oder gar als Printbuch lesen könnten?

Und dann begann der lange Weg als Selfpublisher. Lektorat, Visualisierung, Cover-Designer und und und …

Der Rest ist Geschichte, oder besser gesagt: Almanach der Gedankenwelten 1.

# Nächtlicher Besuch

Ellas Herz pochte wie wild. Was hatte sie geweckt? Ein Alptraum? Waren da Schritte?

Ein Klirren drang vom unteren Stock herauf. Das war bestimmt nur der Wind draußen. Oder war jemand im Haus? Kam das Geräusch aus der Küche oder von draußen? Angestrengt lauschte sie in die Dunkelheit hinein, doch außer ihrem eigenen Puls hörte sie nichts.

Unschlüssig, ob sie aufstehen und nachprüfen sollte, lag sie im Bett. Bestimmt war es nur ein Alptraum gewesen, versuchte sie sich zu beruhigen. Sie machte sich sicherlich bloß selbst wieder verrückt. Das konnte sie gut – sich in Dinge reinsteigern. Da war niemand! Wer sollte auch hier einbrechen wollen? Langsam beruhigte sich ihr Puls, die ängstlichen Gedanken wichen, und sie döste weg.

Ein lautes Scheppern. Ella schreckte hoch.

Das kam aus der Küche.

Da war jemand! Ganz bestimmt!

Sie nahm ihr Handy vom Nachttisch und tippte die Nummer des Notrufs, rief jedoch nicht an. Sie ließ die Nummer auf dem Bildschirm leuchten. Bei Gefahr würde sie nicht zögern, die Anruftaste zu drücken. Eine andere Waffe hatte sie nicht.

Im Dunkeln tappte sie die Treppe herunter.

In der Küche brannte Licht. Ella war sich sicher, das Licht ausgemacht zu haben, bevor sie zu Bett gegangen war.

Kalter Schweiß rann ihr den Rücken runter. Sie warf einen prüfenden Blick aufs Handy. Die Nummer des Notrufs war noch da.

Auf Zehenspitzen tippelte sie weiter und sah einen Schatten. Wie ein Schleier im Wind schwebte er von Küchenschrank zu Küchenschrank. Ella verharrte und kniff die Augen zusammen. Doch mehr als die Kontur konnte sie nicht erkennen.

Also doch ein Einbrecher! Lautlos schob sie sich weg von der Küche. Ihr Plan war es, sich im Bad einzuschließen und von dort den Notruf zu wählen.

Aus dem Nichts tauchte eine junge Frau in der offenen Küchentür auf. Ella schrie vor Schreck auf und ließ ihr Handy fallen. Die junge Frau kam auf sie zu. Ella duckte sich. Ohne die geringste Reaktion ging die Frau durch sie hindurch und verschwand. Ella wurde von einer eisigen Wand kalter Luft getroffen, die ihr den Atem raubte.

*Was ... was zur Hölle war das?*

*Ein Geist! Das war ein Geist!*

*Es gibt keine Geister!*

Ella warf einen Blick in die Küche. Das Licht war aus. Im Zwielicht sah alles normal aus. Das Geschirr lag noch in der Spüle, die Brotkrumen auf dem Tresen und die Pfannen auf dem Herd. Sie schaltete das Licht an und schaute sich um.

Nichts!

Bestimmt nur ein Alptraum.

Sie ließ den Raum hell erleuchtet zurück und ging mit einem mulmigen Gefühl zurück ins Bett.

*Ich werde nicht mehr schlafen können. Warum muss ich auch alleine hier leben? Es wird trotzdem nicht schaden, mich hinzulegen und zu versuchen, mich ein bisschen auszuruhen.*

Ihren eigenen Befürchtungen zum Trotz fiel sie wenige Minuten später in einen tiefen, unruhigen Schlaf.

Am Morgen wurde sie von blendenden Sonnenstrahlen geweckt. Mit zusammengekniffenen Augen drehte sie sich von der Sonne weg. Aber das Licht kitzelte sie in der Nase.

Müde schleppte sie sich ins Bad. Sie hatte den Schrecken der Nacht beinahe vollständig verdrängt, nur die dunklen Augenringe erinnerten an die Aufregung.

Sie schlurfte in die Küche. Kaffee würde den fehlenden Schlaf schon richten. Blindlings tastete sie nach der Kaffeedose auf dem Kühlschrank. Ihr Griff ging ins Leere und sie verlor dabei das Gleichgewicht. Im letzten Moment konnte sie sich am Tresen festhalten.

Verwundert schaute sie zum Kühlschrank hoch. Die Kaffeedose war verschwunden!

*Sonderbar... Habe ich sie weggestellt?*

Sie öffnete einen Küchenschrank nach dem anderen. Sie schaute bei den Vorräten, Tassen, Tees, selbst bei den Aufbewahrungs-behältern nach und fand die Dose schließlich neben den Teller stehen.

Vielleicht hatte sie die Kaffeedose, gedankenversunken wie sie manchmal war, dorthin verlegt.

Doch so richtig glauben konnte sie ihre Erklärung selbst nicht.

Sie dachte an die Begegnung von letzter Nacht, verwarf den Gedanken aber gleich wieder.

Sie war bestimmt bloß verwirrt gewesen. Anderen passiert das ständig. Suchen die Brille, obwohl sie sie bereits anhaben. Vergessen das Handy im Kühlschrank. Warum sollte sie dann nicht die Kaffeedose zu den Tellern stellen?

*Andere sehen auch keine Geister in der Nacht.*

Ella nahm die Kaffeedose, füllte die Maschine mit Pulver und stellte die Dose wieder zurück auf den Kühlschrank. Der Tag konnte beginnen.

Bevor Ella sich schlafen legte, vergewisserte sie sich, dass alle Fenster und Türen verriegelt waren und die Dose noch auf dem Kühlschrank stand. Der Tag war trotz des holprigen Starts und der aufwühlenden Nacht gut verlaufen. Sie hatte einiges an angestauter Arbeit erledigt und freute sich auf ihren Schlaf. Müde kuschelte sie sich unter die Bettdecke.

Wumms!

Ella stand in ihrem Bett. Dieses Mal zögerte sie nicht. Sie nahm ihr Handy mit und huschte nach unten. Sie gab sich keine Mühe mehr, besonders leise zu sein. Das Licht brannte in der Küche und wieder sah sie einen Schatten.

Sie hielt kurz inne, sammelte ihren Mut und trat zur Tür.

In ihrer Küche stand eine dunkelhaarige Frau in einem weißen Kleid. Fasziniert beobachtete Ella, wie die Unbekannte sich beschwingt einen Kaffee zubereitete. Ganz so, als ob es ihr Zuhause sei.

*Auch das noch, das typische Geisterklischee der „Frau in Weiß".*

Ella hatte diese Thematik schon in etlichen Horrorfilmen gesehen. Oftmals wurden Frauen in Weiß von einer tragischen Geschichte begleitet, die sie daran hinderte, mit der irdischen Welt abzuschließen.

*Glaubst du immer noch, dass dir dein Verstand einen Streich spielt?*

Die Frau schien irgendetwas an der Wand zu fixieren.

*Vielleicht könnte ich ihr helfen!*

*Helfen? Ich bin verrückt geworden! Das ist ein Geist, kein Welpe.*

**6**

*Aber wenn ich ihr helfen würde, ins Licht zu gehen, hätte ich vielleicht Ruhe.*
Ella räusperte sich und flüsterte mit rauer Stimme: „Hey!"
Der Geist schreckte hoch und schrie.
Ella drückte sich die Ohren zu und kniff die Augen zusammen.
Nach einer gefühlten Ewigkeit wagte sie zu blinzeln. Und sie sah
… nichts! Der Geist war weg.
*Vielleicht bin ich ja auch einfach bereit für die Klapsmühle?*

Am nächsten Morgen quälte sich Ella aus dem Bett und
schlurfte in die Küche. Bereits beim Reingehen warf sie einen
prüfenden Blick auf den Kühlschrank. Die Dose war weg. Sie
öffnete den Küchenschrank mit den Tellern, machte sich ihren
Kaffee und versorgte die Dose wieder dort, wo sie sie gefunden
hatte. Sollte der Geist doch seinen Willen haben, Hauptsache sie
wusste, wo der Kaffee war.

In dieser Nacht lag Ella wartend wach, bis sie die weiß gekleidete
Frau hörte. Ella schwang sich aus dem Bett und eilte in die
Küche. Unumwunden fragte sie: „Wer bist du?"
Der Geist schreckte hoch und schaute sie erstaunt an.
„Du brauchst keine Angst zu haben."
„Wer bist du?", fragte der Geist zurück. Seine Stimme hatte
einen Hall, als ob er von weiter Ferne zu ihr sprechen würde.
„Ich bin Ella."
„Ehellaha", wiederholte der Geist ihren Namen.
„Wer bist du?"
Der Geist sah sie verwirrt an: „Lehbehe hie..."
Ella machte einen Schritt auf sie zu, doch der Geist wich zurück
und hob abwehrend die Hände.
Unerwartet wurde die Silhouette klarer. Die Frau hatte lange
lockige Haare, einen geschwungenen Mund, hohe
Wangenknochen und unergründliche blaue Augen.
*Wie hinreißend sie aussieht. Hat sie früher hier gelebt? War sie hier
gestorben? Oder gar getötet worden? Wenn eine so junge Frau in diesem Haus
das Zeitliche gesegnet hätte, hätte sie das beim Einzug nicht erfahren müssen?*
Der Geist riss sie aus ihren Gedanken und fragte: „Was machst
du hier? Brauchst du Hilfe, um ins Licht gehen zu können?"

# Der Fuchs

Die ersten Sonnenstrahlen verdrängten den Nebel aus den Feldern. Emilia wickelte sich ihren Schal eng um den Hals. Eisiger Wind blies ihr ins Gesicht. Der Wetterbericht hatte versprochen, dass es ein warmer Frühlingstag werden würde. Doch der Wind erzählte eine andere Geschichte.

Sie musste sich beeilen, um nicht zu spät zur Arbeit zu kommen. Eigentlich war sie die Pünktlichkeit in Person, zumindest wenn der Wecker seinen Dienst tat. Deswegen hatte sie sich heute dazu entschlossen, die Abkürzung entlang der Felder zu nehmen. Letztes Jahr hatte sie diesen Weg oft genommen. Dann war der Winter gekommen, die Tage waren kürzer geworden und ein unbeleuchteter Weg zwischen Waldrand und Feldern war die Abkürzung nicht wert gewesen.

Von Weitem sah sie einen Fuchs im hohen Gras sitzen. Fast hätte man meinen können, er beobachtete den Sonnenaufgang. Aber Emilia wusste es besser. Er wartete, bis eine Maus aus dem Loch kam. Sie hatte diesen Fuchs im Vorjahr oft gesehen. Jeden Morgen hatte er an der gleichen Stelle gelauert. Und jeden Morgen war er bei ihrem Anblick aufgeschreckt und mit kurzen Sätzen in den Wald verschwunden.

Emilia schaute auf die Uhr. Wenn sie einen Zahn zulegen würde, könnte sie rechtzeitig die Poststelle im Nachbardorf, an der sie am Schalter arbeitete, erreichen. Vielleicht würde heute wieder der Schönling von letzter Woche vorbeikommen und ein Paket aufgeben. Oder die Bäckerin für ein Pläuschchen reinschauen. Jeder Kunde war besser als der schrullige Opa, der sie mit seinen haarsträubenden Theorien über den Götterkäfer langweilte.

Sie stolperte. Ein Ast hatte sich zwischen ihren Füßen verfangen. Sie ruderte mit den Armen und fiel der Länge nach hin. Eine weiche Masse quoll zwischen ihren Fingern durch.

*Pferdeäpfel! Auch das noch!*

Fluchend stand Emilia auf. Sie versuchte, die Hände im

feuchten Gras notdürftig zu reinigen. Tränen standen ihr in den Augen. Warum passierte das gerade ihr? Die Bewegung schmerzte ihr in den Handgelenken. Hoffentlich hatte sie sich nicht ernsthaft verletzt.

Im Augenwinkel sah sie ein Glitzern. Verwundert schob sie das Gras zur Seite und fand darunter ein Messer. Es war am Ansatz flach wie ein Spachtel und lief symmetrisch in eine Spitze zusammen. Es erinnerte sie an ein flachgedrücktes Stilett. Die Oberfläche der Klinge wies rostige Flecken auf. Der Griff war aus abgegriffenem Holz. Emilia nahm das Messer an sich. Sie befühlte die Spitze und stellte erstaunt fest, dass das Messer trotz des altertümlichen Aussehens so scharf war, als ob es frisch geschliffen wäre.

*Was für ein Glück, dass ich nicht in das Messer gefallen bin.*

Sie nahm ein Taschentuch, wickelte das Messer darin ein und verstaute es in ihrer Tasche.

Emilia ordnete ihre Gedanken. Nicht nur waren ihre Hände und Arme mit Pferdemist beschmiert, sie hatte sich die Knie aufgeschlagen und ihre Hose zerrissen. So konnte sie auf keinen Fall bei ihrer Arbeit erscheinen. Wenn sie aber nach Hause ginge um sich zurechtzumachen, würde sie viel zu spät zur Arbeit erscheinen.

Hilfesuchend schaute sie sich um. Der Fuchs saß noch immer an seinem Platz und beobachtete jede ihrer Bewegungen. Seine dunklen, beinahe violetten Augen schauten sie erwartungsvoll, fast schon auffordernd an.

„Na, gefällt dir die Show?", fragte Emilia mit einem versöhnlichen Lächeln. Sie zückte ihr Handy und meldete sich für den heutigen Tag krank. Sie machte dies normalerweise nicht, aber Emilia war das lieber, als zu spät zu kommen.

Der Fuchs starrte sie unbewegt an.

„Hey?", sprach Emilia den Fuchs erneut an. „Worauf wartest du? Es ist Zeit für dich, nach Hause zu gehen. Es genügt, wenn sich einer von uns heute verspätet, oder, besser gesagt, gar nicht kommt."

Emilia machte unsicher einen Schritt auf den Fuchs zu. In diesem Moment verschwand er im Gebüsch. Einem Instinkt folgend huschte Emilia hinterher. Das Gras war feucht vom Morgentau und roch angenehm frisch. Sie kam zu der Lücke, in der der Fuchs verschwunden war. Ohne zu zögern tauchte sie in den Wald ein. Es duftete nach Erde, Pilzen und Laub. Emilia schloss die Augen und genoss diese reine Waldluft. Erinnerungen aus ihrer Kindheit kamen in ihr hoch. Eine innere Anspannung, deren sie sich gar nicht bewusst gewesen war, löste sich und sie nahm genüsslich einige tiefe Atemzüge.

Ein Insekt kitzelte sie an der Nase und Emilia öffnete die Augen. Nur wenige Meter von ihr entfernt stand der Fuchs und starrte sie an. Nur eine Sekunde, die sich für Emilia wie eine Ewigkeit anfühlte. Dann brach der Fuchs den Blickkontakt ab. Er drehte sich weg und schritt weiter in den Wald. Er warf einen Blick zurück, ganz so, als wollte er sie dazu auffordern, ihm zu folgen. Emilia wunderte sich über das sonderbare Verhalten. Sie hoffte, dass er keine Tollwuterkrankung hatte. Sie glaubte, sich daran zu erinnern, dass Füchse mit Tollwut die Hemmungen vor dem Menschen verloren. Trotz ihrer Sorgen zögerte Emilia nur einen Moment und folgte dem Fuchs.

Der Fuchs setzte seinen Weg fort und lief in einem gemütlichen Trab einen Wildpfad entlang. Nach einigen Minuten beschleunigte der Fuchs ohne ersichtlichen Grund sein Tempo. Obwohl Emilia ebenfalls ihr Tempo beschleunigte, konnte sie nicht mehr mit dem Fuchs mithalten und verlor trotz ihrer Bemühungen diesen aus den Augen.

*Kein Wunder! Er ist ein Wildtier. Es ist erstaunlich, dass ich ihm so weit folgen konnte!*

Erst als Emilia sich umsah, wurde ihr bewusst, dass sie sich verlaufen hatte. Sie kannte diesen Wald in- und auswendig, aber dieser Ort war ihr gänzlich unbekannt. Sie stand in der Mitte eines Birkenhains. Der Boden war mit Moos und Heiden bewachsen. Weiter rechts stand eine mächtige alte Eiche und darunter bildeten Pilze einen Kreis. Das leise Rascheln des Windes war das einzige Geräusch, das den Hain erfüllte. Der Hain wurde von den Sonnenstrahlen geküsst und Emilia war es angenehm warm, sodass sie ihren Schal locker um die Schultern wickelte.

Emilia schritt entzückt von einer Birke zur nächsten und ließ die anmutige Stille des Hains auf sich wirken.

Plötzlich sah Emilia eine Gestalt. Hinter der Eiche, den Rücken an den Stamm gelehnt, saß ein junger Mann.

War er die ganze Zeit da gewesen und hatte sie beobachtet?

Seine dunklen Augen zogen sie unwillkürlich in ihren Bann. Die Pupillen wirkten zu schwarz . Die Regenbogenhaut, die die Pupillen jeweils umgab, schimmerte lavendelfarben. Das Weiß der Augen war ohne Schatten und Adern. Umrahmt wurden die Augen von dichten Wimpern. Sie konnte nicht anders als in die Tiefe dieser außergewöhnlichen Augen zu schauen und alles zu vergessen. Sie vergaß, wo sie war, wer sie war und dass es keine solchen Augen gab.

„Setz dich zu mir!"

Es dauerte eine Ewigkeit, bis seine melodische Stimme zu ihr durchdrang. Als sie den Sinn hinter diesen Worten verstand, kam Emilia wieder zu sich. Ihr ganzer Körper entspannte sich. Erst jetzt konnte Emilia sich von den Augen lösen und ihn genauer mustern. Er war mit Abstand der schönste Mann, den sie jemals gesehen hatte. Unter seiner Kleidung zeichneten sich Muskeln ab. Seine dunklen Haare flossen wie Seide über die Schulter und schlängelten sich an seinem Körper bis zur Taille. Emilia hätte gerne ihre Hände in diesen Haaren vergraben. Er strahlte etwas Erhabenes aus, das wie ein Aphrodisiakum in der Luft schwebte.

Er wiederholte mit samtiger Stimme seine Aufforderung: „Setz dich zu mir." Dabei klopfte er mit seiner Hand neben sich auf den Boden.

Diese Worte verursachten bei Emilia eine Gänsehaut. Sie verspürte den unwiderstehlichen Drang, diesem Mann jeden Wunsch von den Augen abzulesen, nur damit er ihr weiter seine Aufmerksamkeit schenkte. Obwohl Emilia nie an Liebe auf den ersten Blick geglaubt hatte, wurde sie in diesem Moment eines Besseren belehrt. Doch sie ließ sich nicht blind von ihren Gefühlen leiten. Sie war allein im Wald mit einem fremden Mann, der seltsame Augen hatte. Vielleicht war er gefährlich. Mit zittriger Stimme sprach sie: „Entschuldigen Sie. Ich wollte Sie nicht stören. Ich gehe gleich wieder."

Der Mann kniff die Augen zu Schlitzen zusammen und sprach ungehalten: „Wenn ich nicht wollte, dass du in meinem Reich bist, hätte ich dich nicht hergeführt. Jetzt setz dich zu mir!" Seine Stimme war schneidend und ungeduldig.

Emilia lief es eiskalt den Rücken runter. Was meinte er bloß mit seinem Reich? Vielleicht war er verrückt? Sie musste hier so schnell wie möglich verschwinden. Vorsichtig bewegte sie sich einige Schritte rückwärts. Der Fremde sprang auf und mit einem Satz war er nur wenige Zentimeter vor ihrem Gesicht. Mit schneidender Stimme raunte er: „Du wagst es?"

Seine unausgesprochene Drohung wurde im Rascheln des

Windes weitergetragen, als ob sogar die Bäume sich vor diesem Mann fürchteten und seine Stimme wie ein Echo wiederholten. „Ich habe dich dreimal gebeten, dich zu mir zu setzen. Zweimal mehr als jeden anderen. Trotzdem stehst du weiter hier? Du bist freiwillig in mein Reich gekommen. Hier ist mein Wort Gesetz und mein Wunsch Befehl!" Er atmete kurz durch und wiederholte dann: „Ich habe dich nicht gezwungen, in mein Reich zu kommen. Aber du bist hier. Freiwillig!"

*Definitiv verrückt. Gib ihm bloß keinen Grund, sich weiter aufzuregen.*

Sie musste so schnell wie möglich hier weg und die Polizei verständigen. Alarmiert schaute Emilia sich nach einem Fluchtweg um und griff gleichzeitig in ihrer Hosentasche nach dem Handy. Sie wollte weiter zurückweichen, aber ihre Beine bewegten sich nicht.

„Die funktionieren hier nicht." Der Mann zeigte beiläufig auf ihr Handy und grinste sie selbstgefällig an.

Emilia schaute auf das Handy und stellte entsetzt fest, dass sie kein Netz hatte.

„Sag ich doch!", triumphierte er.

Am liebsten hätte sie ihm mit dem Handy ins Gesicht geschlagen.

Der Mann griff nach ihrer Hand. Eine ungewöhnlich vertrauliche Geste. Seine Berührung war sanft und liebevoll.

Emilias Angst und der Drang, wegzurennen, schienen unter der Leichtigkeit der Berührung zu verschwinden.

Tonlos fragte Emilia: „Was mache ich hier?"

„Ich habe dich eingeladen", stellte der Mann fest.

„Warum hast du mich eingeladen?", Emilia hielt es für eine schlaue Idee, sich auf den Dialog einzulassen und bei der passenden Gelegenheit wegzurennen. Der Mann sollte auf jeden Fall nicht erneut wütend werden.

„Warum nicht?"

Emilia wechselte das Thema: „Wie heißt du?"

Die Augen des Mannes leuchteten. „Wollen wir uns nicht setzen und dann sage ich dir, wie ich heiße?"

Emilia nickte und setzte sich im Schneidersitz auf den Boden.

*Warum war ich vorhin nur so stur gewesen? Ich kann ihm vertrauen.*

*Nein! Das kann ich nicht! Ich muss fliehen.*

„Mein Name ist in deiner Sprache nicht aussprechbar, aber Kian kommt ihm schon ziemlich nahe", stellte er sich vor.

*Kian! Was für ein schöner Name.*

„Wenn dies dein Reich ist, wie komme ich wieder nach Hause?" Nach Hause. Wollte sie das überhaupt? Hier war es schön. Kian war schön.

„Indem ich dich lasse." Kian zuckte mit den Achseln und schaute sie an, als ob sie eine redundante Frage gestellt hätte.

„Wann lässt du mich wieder gehen?"

Warum fragte sie das? Sie sollte ihn nicht mehr wütend machen.

„Wenn du mich überzeugt hast, dass du so langweilig bist, dass ich dich nicht hierbehalten möchte, aber dein Leben so wertvoll ist, dass es weitergelebt werden muss."

*Was soll das bedeuten? Jedes Leben ist wertvoll! Wenn er beschließt, dass meines es nicht ist, was dann? Wird er mich umbringen? An was für einen Psychopathen bin ich hier geraten?*

Sie musterte Kian lange, ehe sie fragte: „Wer bist du, dass du über den Wert eines Lebens urteilen kannst?"

„Ich bin der Herr in diesem Reich. Ich kann über alles urteilen", sagte Kian überzeugt.

„Kannst du dich in alles hineinversetzen?", fragte Emilia kritisch.

„Natürlich. Ich kann mich in einen Vogel verwandeln und alles tun, was ein Vogel macht. Ich kann fliegen, zwitschern, von Ast zu Ast hüpfen und noch vieles mehr. Wie sollte ich nicht verstehen, was für einen Vogel wertvoll ist?"

„Wirklich? Ist das so?" Sie zweifelte an der Wahrheit dieser Worte. „Weißt du wirklich, was es bedeutet, wenn du als Vogel kein Futter findest? Oder wenn du von einem größeren Vogel angegriffen wirst? Verwandelst du dich dann einfach zurück?"

Kian lächelte sie an: „Doch eher ein unterhaltsamer Mensch. Vielleicht behalte ich dich wirklich."

Emilias Augen weiteten sich vor Schreck.

Sie war in seinen Augen nicht mehr als ein Vogel.

Sie schwieg lange. Sie wusste nicht, was sie sagen oder tun sollte. Wie konnte sie ihn davon überzeugen, dass ihr Leben wertvoll war, und gleichzeitig langweilig wirken? Emilias Hände befühlten das Moos unter ihr. Es war trocken, ohne ausgetrocknet zu sein, und so weich, dass sie sich am liebsten ausstrecken wollte. Wenn nur nicht dieser Mann und die vielen kleinen Krabbeltierchen im Moos wären. Einer Eingebung folgend fragte Emilia: „Besitzt du Mitgefühl?"

„Natürlich, wenn ich es will, schon", sagte Kian mit einem

Stirnrunzeln.

„Wie meinst du das?", fragte Emilia nach.

„Wenn ich mich für eine Maus interessiere, sie füttere und immer wieder schaue, wie es ihr geht, interessiert mich ihr Wohlergehen. Da fühle ich mit, wenn ihr etwas Schlechtes passiert. Aber wenn irgendeine Maus irgendwo stirbt, ist mir dies egal."

„Interessierst du dich für mich?"

Kian nickte: „Du wärst nicht hier, wenn dem nicht so wäre."

„Liegt dir mein Wohlergehen am Herzen?", fragte Emilia weiter.

Ohne zu zögern, antwortete Kian: „Ja."

„Dann lass mich gehen", bat Emilia.

„Nein. Dir wird es hier gut gehen. Du hast genug zu essen, Tiere zum Spielen, einen warmen Schlafplatz und ich werde dir immer wieder meine Aufmerksamkeit schenken", versprach Kian mit einem wissenden Lächeln.

„Ich wäre gefangen", hauchte Emilia

„Du wärst frei, in meinem Reich zu gehen, wohin du willst."

„Ein großer Käfig ist immer noch ein Käfig!", entgegnete Emilia. Emilia griff in ihre Tasche. Etwas Langes und Spitzes kam ihr zwischen die Finger.

Was war das?

Der Dolch!

„Es wird dir an nichts fehlen."

*Vielleicht hat er ja recht.*

„Du beraubst mich meines freien Willens."

„Ich?", fragte Kian entsetzt. „Mache ich das wirklich? Habe ich dich gezwungen, wie ein gefangenes Tier Tag für Tag den gleichen Weg zu laufen? Du glaubst, hier seist du gefangen? Aber hält deine Welt dich nicht ebenso gefangen? Was tust du, weil du es wirklich tun willst?"

Emilia hatte darauf keine Erwiderung. Sie mochte ihren Job, doch wenn sie die Wahl hätte, wenn sie das Geld nicht benötigen würde, würde sie diesen Job dennoch erledigen? Wahrscheinlich nicht. Hatte Kian recht?

„Vielleicht hast du recht. Aber dann habe ich mir meinen Käfig selbst gewählt. Und ich kann jederzeit daraus ausbrechen. Und diese Freiheit werde ich nicht aufgeben."

„Du hast keine Wahl", erinnerte sie Kian.

Emilia lächelte ihn traurig an und sprach in einem sanften Ton: „Doch, habe ich. Man hat immer eine Wahl." Emilia zog den

Dolch aus ihrer Tasche.

Kian lächelte höhnisch. „Drohst du etwa, mich zu töten?"

„Du sagst, du kannst Mitgefühl empfinden für Dinge, die dich interessieren?" In Emilias Augen schimmerten Tränen.

*Ich bin verrückt.*

*Ich weiß nicht mal, ob er mir wirklich etwas antun würde.*

*Ich muss, ich will frei sein. Ich will nicht hier gefangen sein und alle, die ich liebe, nie wieder sehen.*

*Ich werde nicht zögern.*

„Du sagst, ich interessiere dich. Das heißt, du möchtest, dass es mir gut geht." Emilia hob den Dolch an ihre Hauptschlagader und drückte ihn gegen ihren Hals. Sie spürte, wie Blut ihren Hals entlang rann. „Wenn du wirklich Mitgefühl empfindest, dann zeige mir einen weiteren Ausweg aus deinem Gefängnis als den einen, den ich sehe."

Emilia spannte ihre Muskeln und drückte den Dolch tiefer in ihre Haut. Sie wusste, dass sie kurz davor war, die Hauptschlagader zu durchdringen. Aber sie durfte nicht bluffen. Wenn sie jetzt bluffte und er sie durchschauen würde, wäre sie für immer in dieser Welt gefangen.

*Wenn er die Wahrheit gesprochen hat, dann wird er mich retten.*

Aber wenn sie sich irrte, wenn er bloß ein Mensch sein sollte, dann würde sie sterben.

*Er kann kein Mensch sein. Konnte er doch?*

Plötzlich war sie in dichten Nebel gehüllt. Sie konnte Kian nicht mehr sehen, doch spürte sie deutlich seine Anwesenheit. Aus dem Nichts hörte sie Kians Stimme: „Wunderbare Emilia."

*Woher weiß er meinen Namen?*

„Besuche mich wieder und beweise mir, dass es Wert war, dein Leben zu retten." Emilia hörte die unterschwellige Drohung in Kians Stimme.

Wie das Rascheln des Windes hörte sie Kians letzte Worte: „Folge dem Fuchs." Dann war der Nebel verschwunden.

# Kians Einsamkeit

Früh am Morgen nach Emilias Besuch in seiner Welt kam sie wie gewohnt den Weg entlang auf den Waldrand zu. In der Gestalt des Fuchses wartete Kian dort auf sie. Bei ihrem Anblick zuckten die Ohren aufgeregt. Er musste an sich halten, um ihr nicht entgegen zu springen.

Ihre Blicke trafen sich. Sein Herz pochte ihm bis zum Hals. Sie würde ihn auch in dieser Gestalt erkennen. Sie würde erkennen, dass ihre Entscheidung falsch gewesen war, und zu ihm eilen. Sie würde mit ihm in sein Reich kommen und für immer dort bleiben. Freiwillig!

Emilias Augen weiteten sich. Kian freute sich wie eine Katze über eine Schale Milch.

Sollte er sich in seine wahre Gestalt zurückverwandeln?

Kian hielt es kaum auf seinem Platz aus.

Emilia kniff ihre Augen zu bedrohlichen Schlitzen zusammen, ihr Atem ging schneller und Kian konnte sehen, wie Panik von Emilia Besitz ergriff.

Ihr zierlicher Körper zitterte unkontrolliert und kalter Schweiß glänzte auf ihrer Stirn. Eilig drehte sie sich um und rannte, als ob ein Wolfsrudel hinter ihr her wäre, den Weg zurück. Kian hätte sie gerne verfolgt. Er wollte sie aufhalten, ihr sagen, dass sie sich nicht zu fürchten brauchte, und nicht zuletzt wollte er sichergehen, dass ihr nichts geschah.

Aber er hatte Angst, dass genau dies Emilia dazu bringen würde, etwas Unüberlegtes zu machen. Also blieb er sitzen und schaute Emilias kleiner werdenden Silhouette nach.

Das war zwanzig Sonnenaufgänge her.


*Heute wird sie wieder vorbeikommen. Sie muss einfach!*
Nicht einmal die ersten Sonnenstrahlen auf seinem Fell konnten etwas daran ändern, wie kalt und leer sich sein gewohnter Platz am Waldrand anfühlte.

Es war nicht ungewöhnlich, dass er Emilia einige Tage nicht beobachten konnte, aber bei Weitem nicht so lange. Langsam befürchtete Kian, dass er Emilia falsch eingeschätzt hatte. Er bereute es, dass er ihr überhaupt erlaubt hatte, zu gehen. Vielleicht hatte sie ihn reingelegt. Vielleicht hätte sie sich gar nichts angetan.

Kian bekam eine Gänsehaut, als er an den Moment zurückdachte, als Emilia das Messer aus der Tasche zog. Es war ein Messer aus purem Eisen gewesen. Woher hatte sie ein solches Messer? Eisen! Das tödlichste Element für die Fae. Eisen leitete ihre Magie ab. Selbst die kleinste Wunde, die ihnen mit Eisen zugezogen wurde, verheilte kaum mehr. Ohne magische Unterstützung dauerte die Heilung von Wunden bei den Feenwesen sehr lange.

Trotz des Messers hatte er einen kühlen Kopf bewahrt, wie er sich selbstzufrieden erinnerte. Emilia hatte ihn nicht verletzen wollen. Kian war überzeugt, dass Emilia gar nicht gewusst hatte, was für eine Waffe sie in der Hand hielt. Die wenigsten Menschen kannten die Fae noch, und noch weniger wussten um ihre Schwächen. Die Menschen hatten aufgehört, Messer und andere Waffen aus reinem Eisen herzustellen, was die Fae mit Freude zur Kenntnis genommen hatten. Moderne Waffen konnten Fae ebenfalls schwer verletzen und im Einzelfall sogar töten, aber sie verhinderten nicht mehr die magische Heilung.

Kian stand auf und ging zurück in den Wald. Er folgte dem Pfad, der ihn zum Tor seines Reiches führte. Menschen konnten dieses nicht ohne Hilfe betreten oder verlassen. Seine Erinnerung schweifte zu Emilia. Als sie in seine Welt gekommen war, hatte er förmlich ihre Ruhe und ihr Entzücken gespürt. Sie war wie ein junges Reh gewesen, das die Welt entdeckte.

Er hätte Emilia am liebsten an die Hand genommen und ihr alles in seinem Reich gezeigt. Er wollte ihr beibringen, Magie zu wirken, er wollte sie lachen sehen und er wollte sie vor jeglichem Unheil beschützen.

Niemals hätte er zu hoffen gewagt, dass sie einem Fuchs in den Wald folgen würde. Er war zufrieden damit, sie hin und wieder von weitem zu sehen. Ihr Lächeln auf den Lippen und ihre strahlenden Augen, die alles in der Welt aufsogen. Als sie ihn als Fuchs das erste Mal wahrgenommen hatte, wurde ihr Lächeln noch breiter. Sie nahm ihr Handy und fotografierte ihn. Kian hörte noch immer das dazugehörige Klickgeräusch. Danach lief sie weiter ihres Weges und Kian verschwand im Gebüsch. Es gab viele dieser belanglosen Begegnungen und oft hatte Emilia ein paar freundliche Worte für ihn wie: „Guten Morgen, Meister Reinecke", „Heute kein Glück bei der Jagd" oder „Ich wünsche dir einen schönen Tag. Bis morgen."

Bis Emilia ihm in sein Reich gefolgt war, hatte sich Kian mit diesen Begegnungen zufrieden gegeben. Und wenn er Glück hatte, trug der Wind ihren lieblichen Duft zu ihm. Bei diesen Erinnerungen fühlte er den Verlust in seiner Brust, als ob Dornen seine Rippen umwucherten und ihm das Atmen erschwerten.

Seit Emilia in seinem Reich gewesen war und er mit ihr geredet hatte, wünschte er sich oft, dies rückgängig machen zu können. Die Sonne hatte ihn geküsst und verbrannt und sein ganzes Wesen sehnte sich zurück in diesen Augenblick.

Er würde keinen weiteren Tag damit verbringen können, zu warten, bis es morgen wurde und er sich wieder vergeblich zum Wegrand aufmachte, mit der Hoffnung, dass Emilia den Weg entlangkam.

Kurzentschlossen verwandelte sich Kian in einen Raben und stieg in die Höhe. Er würde Emilia finden. Er würde nicht eher ruhen, bis er sie wiedersah. Er konnte nicht. Nicht mehr.

Es war ein grauer, windiger Tag. Fliegen bei solchen Bedingungen bereitete ihm besonders viel Freude. Vorausgesetzt, er hatte kein Ziel und konnte sich im Wind treiben lassen. Doch mit einem Ziel wurde der Wind zu einem unberechenbaren Gegner, der jedes Mal, wenn Kian seinen Kurs angepasst hatte, einen neuen Angriff startete.

Kian folgte dem Weg, den Emilia früher gegangen war, bis zum Dorf. In großen Kreisen überflog Kian dieses. Kam Emilia von hier?

Er verstand nicht, wie Menschen so leben konnten. Wie konnte Emilia dieses Leben dem seinen vorziehen? Wie konnten sie sich von der pulsierenden energiespendenden Erde abkapseln? Alles, was lebte, versuchten Menschen auszuschließen. Sie errichteten dicke Mauern und Dächer, lebten wie in Käfigen darin und betrachteten das Leben draußen durch Bilder, anstatt selbst ein Teil davon zu sein. Sogar ihre Füße schützten sie vor dem Leben. Sie liefen auf eigens dafür errichteten Straßen und zogen zusätzlich Schuhe mit dicken Sohlen an. Wie konnte man so leben, ohne sich selbst zu verlieren?

Kian landete auf einem Baum und lauschte. Vielleicht würde er irgendwo Emilias Stimme oder ihren Namen hören. Vielleicht würde er sie sogar sehen. Anfangs war Kians Hoffnung groß, aber je länger der Tag dauerte, desto kleiner wurde sie. Niedergeschlagen kehrte er am Abend zurück in sein Reich.

Am folgenden Tag verzichtete er darauf, als Fuchs auf sie zu warten. Er flog stattdessen alle möglichen alternativen Routen ab.

Plötzlich sah er sie.

*Anmutig wie ein junges Reh!*

Eine Windböe erfasste ihn und wirbelte ihn durch die Luft. Nur mit Mühe konnte er sich wieder fangen.

Er hatte vergessen, wie bezaubernd sie war. Nicht so wie andere Menschen. Ihr Gang war tänzerisch. Der Wind spielte mit ihren Haaren und ihre Hüfte wippte im Takt des Windes. Emilia verschwand in einem Haus. Kian musste sehr lange warten, bis sie wieder herauskam, sich auf den Heimweg machte und dort wieder in einem Haus verschwand.

War es wirklich das, was sie wollte? Von einem Gefängnis zum Nächsten gehen und wieder zurück? Bevorzugte sie wirklich dieses Leben? Mit ihm hätte sie frei sein können. Frei, zu gehen oder gar zu fliegen, wohin sie wollte. Warum nahm sie dieses Geschenk nicht an?

Kian verbrachte die ganze Nacht auf einem Baum vor dem Haus. Durch ein Fenster konnte er sehen, wie sie sich etwas zu essen machte, aufräumte, telefonierte, lachte und irgendwann in einen Raum verschwand, dessen Fensterläden geschlossen waren. Kian wusste, sie würde jetzt schlafen. Eigentlich konnte er nach Hause fliegen. Aber er wollte bei ihr bleiben.

Emilia stand am nächsten Morgen erst spät auf. Obwohl es ein regnerischer Tag war, setzte sie sich mit einem Buch auf den Balkon und las. Sie kuschelte sich in einer warmen Wolldecke ein und trank einen dampfenden Tee. Kian roch den herben Geruch.

Kian beobachtete sie eine Zeit lang von seinem Baum aus. Aber irgendwann hielt er es nicht aus. Er spannte seine Schwingen und hob ab. In einem großen Kreis flog er ums Haus, ehe er auf ihrer Balkonbrüstung landete.

Erstaunt sah Emilia auf und lächelte. „Hey, was machst du hier?" Emilia sprach den Vogel an, genauso wie sie ihn als Fuchs immer angesprochen hatte.

Bei dieser vertrauten Anrede machte Kians Herz einen Sprung. Sie hatte ihn erkannt. Sie musste ihn erkannt haben. Sonst hätte sie ihn nicht so angesprochen.

Er machte einen Satz näher zu Emilia und kippte neugierig seinen Kopf zur Seite.

Emilia musterte den Vogel und sah ihn endlich direkt an. Ihr Blick weitete sich vor Schreck. Seine lavendelfarbenen Augen hatten ihn verraten. Ohne Worte stand Emilia auf, ging nach innen und schloss die Balkontür.

Enttäuscht flog Kian zurück zu seinem Baum.

Wie konnte er nur so dumm sein? Warum wollte er immer mehr? Er hätte einfach damit zufrieden sein sollen, sie von weitem zu sehen. Zufrieden, sie wieder gefunden zu haben, ohne mehr zu wollen.

Die Haustür öffnete sich. Emilia schritt aus dem Haus. Sie trug einen unnatürlich grellen Regenmantel und schwarze Gummistiefel. Zielgerichtet schlug sie den Weg Richtung Waldrand ein. Kian flog über Emilia hinweg.

Was hatte sie vor? Vielleicht hatte er doch richtig gehandelt. Sie hatte ihn auch vermisst und jetzt würde sie in sein Reich kommen.

„Kian." Emilia stand auf dem Pfad, der in sein Reich führte. Ihre Stimme hatte einen harten, ungeduldigen Ton: „Kian, ich weiß, dass du da bist."

Kian trat in seiner wahren Gestalt aus dem Dickicht hervor. Seine lavendelfarbenen Augen schauten Emilia durchdringend an. Er sah, wie sich ihre feinen Härchen aufstellten. Ein zufriedenes Lächeln stahl sich auf sein Gesicht. „Schön bist du zurück bei mir", Kian streckte bei diesen Worten seine Hand nach Emilia aus.

Emilia sah ihn mit einem Blick an, der den Wald zum Brennen bringen konnte. Er roch ihre Wut und ihre Angst. Früher hatte Kian den Geruch von Angst betörend gefunden, besonders an Menschen. Aber Emilias Angst breitete sich über den ganzen Wald aus und nahm Besitz von Kian. Was würde sie tun, wenn die Angst die Oberhand gewann?

„Ich bin nicht zurück!" Emilias Stimme zitterte und sie ballte ihre Hände zu Fäusten.

„Du stehst hier", stellte Kian fest.

„Ich stehe hier, weil du mich verfolgst." Emilias Blick verfinsterte sich weiter.

Kian zuckte mit den Schultern und sprach: „Ich habe dich eben vermisst und mich gewundert, wann du zurückkommst. Ich habe dich gehen lassen, damit du zurückkommst, und nicht, damit du verschwindest."

Emilia schaute ihn verächtlich an und sprach unversöhnlich: „Wenn du mich an der Leine halten willst, hast du mich nicht wirklich freigelassen."

„Ich …", setze Kian an, aber Emilia unterbrach ihn: „Nein. Du hörst mir jetzt zu. Ich weiß, was du bist. Auch wenn ich nicht geglaubt habe, dass es solche Wesen wie dich wirklich geben könnte. Ich weiß nun, was du bist. Ich habe alles im Internet gelesen, was es über die Feen, Sidhe oder Fae zu lesen gibt. Ich weiß, wie viel Glück ich hatte, dass du mich gehen gelassen hast. Danke hierfür. Ich werde dieses Glück nicht aufs Spiel setzen, nur damit du mich doch noch endgültig in dein Reich verschleppen kannst."

„Ich werde dich nicht verschleppen", beteuerte Kian.

„Das sagst du jetzt." Emilia schüttelte ungläubig den Kopf.

„Wenn du alles über uns gelesen hast, dann weißt du auch, dass wir nicht lügen können", konterte Kian.

„Und dass ihr so trickreich seid, dass euch das noch viel gefährlicher macht, als einen tatsächlichen Lügner", erwiderte Emilia.

„Warum bist du dann hier?", fragte Kian und sprach weiter: „Ich kann deine Angst riechen. Wenn du mich fürchtest, wenn du nicht in mein Reich kommen willst, dann stellt sich mir die Frage: Warum bist du hier?"

Emilia seufzte tief. Sie streckte ihre Wirbelsäule durch und holte tief Luft: „Wenn du ein Mensch wärst, dann würde ich die Polizei einschalten. Ich würde dich anzeigen und dafür sorgen, dass du mir nicht mehr zu nahe kommst. Das, was du machst, macht mir Angst, unabhängig davon, ob du ein Mensch, ein Fuchs, ein Vogel oder eine Raupe bist."

Kian setzte gerade an, etwas zu erwidern, aber Emilia hob die Hand und sprach weiter: „Ich weiß nicht genau, was deine Motivation ist, aber das, was du damit erreichst, ist, dass ich immer weiter weg von dir sein möchte. Ist das dein Ziel?"

Kian schüttelte seinen hängenden Kopf und schaute betreten zu Boden. Er verjagte sie mit seinem Verhalten? Machte er ihr Angst? Mit betretener Stimme sprach er: „Ich möchte, dass du bei mir bist."

„Das, was du machst, ist nicht gesund, weder für dich noch für mich."

Kian nickte. Ihre Worte machten für ihn keinen Sinn, aber es fühlte sich richtig an, zu nicken. Heiser sprach er: „Aber …"

„Was aber?" Emilias Blick hatte eine Spur seiner Härte verloren.

„Es ist so lange her, seit ich mit jemandem gesprochen habe, und als du mir in mein Reich gefolgt bist, dachte ich …" Kian zögerte, er wusste nicht, ob er wirklich wollte, dass Emilia die Wahrheit erfuhr.

„Was dachtest du? Ich hätte erkannt, dass du ein Fae in der Gestalt eines Fuchses bist und dass ich alles aufgeben würde, um bei dir zu leben?"

Kian schüttelte betreten den Kopf. „Klingt ziemlich albern." Er schaute beschämt zur Seite. Nach einem Räuspern sprach er mit einer heiseren Stimme weiter: „Ich glaube, ich dachte … Ich hatte gehofft, dank dir nicht mehr alleine zu sein."

„Alleine?" Emilia schien verwirrt zu sein. „Warum alleine? Was ist mit den anderen Fae."

„Die sind weg."

„Weg wohin?"

Kian schwieg. Das war ein Geheimnis, das er nicht verraten durfte.

„Kian?" Zögernd griff Emilia nach Kians Hand. „Schau mich an!" Kian versank in Emilias dunklen Augen. Er sog ihre Berührung in sich ein, er spürte ihren Puls, ihre gutmütige Ausstrahlung und eine wohlige Wärme breitete sich in seiner Brust aus.

„Emilia, ich …"

Doch Emilia schüttelte abwehrend den Kopf. „Ich kann nicht versprechen, dass ich wiederkommen werde. Du machst mir Angst, und du bist gefährlich, aber wenn ich komme, dann freiwillig, und nicht, weil du mich verfolgst." Dann ließ sie seine Hände los, drehte sich um und lief davon. Sie ignorierte Kians Bitte, zu warten. Sie drehte sich nicht ein einziges Mal um.

Betreten schlurfte Kian zurück in sein Reich. Er rollte sich unter seiner Eiche zusammen. Die Bäume sangen tagelang ein beruhigendes Lied im Wald. Eine Schwärze umgab ihn und sein Herz. Er spürte, wie die Tiere des Waldes von Zeit zu Zeit kamen, um nach ihm zu sehen. Einige kuschelten sich zu ihm, aber die meisten ließen ihn in Ruhe und gaben ihm die Zeit, die er benötigte.

Es dauerte viele Sonnenzyklen, bis er wieder aufstand. Aber irgendwann war es Zeit, nachzusehen, wie weit die Welt sich draußen gedreht hatte.

Er ging in seiner wahren Gestalt seinen Weg entlang zum Waldrand, wie er es in der Vergangenheit so oft getan hatte. Er wusste, Emilia würde diesen Weg nicht gehen, vielleicht würde sie ihn nie wieder gehen, aber falls doch, dann würde er dort sein.

Durch das Dickicht sah er etwas Gelbes am Waldrand schimmern und hörte ihre Stimme: „Du warst lange weg. Ich dachte schon, dass ich dich nur erträumt hatte."

Er sah Emilia auf einer ausgebreiteten Decke sitzen. Sie aß ein belegtes Brötchen. Neben ihr lag ein weiteres Brötchen. Sie nickte ihm zu und sagte: „Das ist für dich."

Kian setzte sich neben Emilia auf die Wiese, griff nach dem Brötchen und biss zögerlich hinein. Schweigend aßen beide. Kian freute sich über die Gesellschaft, wagte es aber nicht, etwas zu sagen. Was sollte er auch sagen? Zu kostbar war ihm dieses Geschenk von ihr.

Als beide mit dem Essen fertig waren, stand Emilia auf, griff nach der Decke, legte diese zusammen, packte sie in die Tasche und ging hinunter zum Weg. Ohne sich umzudrehen, sagte sie: „Bis morgen."

Wortlos blieb Kian sitzen und schaute Emilia nach. Als sie verschwunden war, ging er mit einem Lächeln zurück in den Wald.

29

# Großstadtwüste

„Licht? Da oben brennt ein Licht?"

Mias Blick wanderte zu den obersten Stockwerken des Wolkenkratzers.

„Sei nicht albern, es gibt schon lange keinen Strom mehr."

Sie kniff die Augen zusammen.

„Doch! Da flackert definitiv ein Licht. Ich irre mich doch nicht."

„Vielleicht ist es ein Feuer?"

„Gut möglich. Etwas könnte sich durch die Sonnenstrahlen entzündet haben."

Es war ein richtiger Wüstentag gewesen. Mia hatte sich vom Aufgang der Sonne bis zu ihrem Untergang in ihrem Versteck verkrochen und sich erst in der Nacht hervorgewagt.

„Das wäre aber ein höchst ungewöhnliches Feuer", widersprach Mia. „Ein selbst entfachtes Feuer produziert immer viel Rauch, große Flammen und ist nach kurzer Zeit abgebrannt."

Mia musste sich recht geben. „Dieses Feuer scheint kontrolliert zu sein. Ein kleiner Punkt in einem Wolkenkratzer."

„Ein kontrolliertes Feuer also. Du weißt, was das bedeutet?"

„Menschen!"

„Nein, nein, nein. Das kann nicht sein!" Mia fuhr sich mit den Händen durch die verfilzten Haare. Sie schaute sich gehetzt um. Sollte sie wegrennen? War jemand hier? Wurde sie beobachtet? Mia ging einige vorsichtige Schritte rückwärts und verkroch sich in eine dunkle Nische.

Sie lauschte ihrem Herzschlag und beobachtete das Licht weiter. Nichts geschah.

„Es können keine Menschen sein."

„Warum nicht?"

„Weil ich alleine bin."

„Wäre es nicht unlogischer, dass ich die einzige Überlebende bin?"

Mia schwieg und ließ die Worte auf sich wirken. Sie machten überraschend viel Sinn.

„Was hatten sie getan, um zu überleben?"

„Sie sind weggegangen. Was habe ich getan, um zu überleben?", konterte sie die Frage.

„Ich bin geblieben." Erinnerungen an ein vergangenes Leben kamen in ihr hoch. War es falsch gewesen zu bleiben?

„Es ist noch gar nicht erwiesen, dass das Feuer von Menschenhand gemacht ist."

Mia nickte bedächtig. „Was willst du also machen?"

Mia schaute sich um. Im Mondlicht warfen die Gebäude lange Schatten, in denen sie sich verstecken konnte. Sie hatte sich schon lange abgewöhnt, auf offener Straße zu gehen. Die Hausmauern hatten Augen und beobachteten sie. Sie war weit entfernt von ihrem Versteck, aber sie hatte gehofft, hier einen noch nicht geplünderten Laden zu finden. Aber was, wenn andere mit der gleichen Idee unterwegs waren? Was, wenn diese Menschen dort oben bereits auf der Lauer lagen? Was, wenn sie sie von hinten überraschten?

Mia warf hektische Blicke über die Schulter und versuchte, die ganze Straße zu erfassen. Nichts.

Sie brauchte ein Versteck, damit sie das Feuer beobachten konnte. Wenn andere Menschen hier waren, musste sie das wissen.

Sie inspizierte das Haus, in dessen Nische sie sich verkrochen hatte. Vom Dach aus würde sie einen guten Blick auf das gegenüberliegende Hochhaus haben. Falls es jemand durch den Eingang verlassen würde, könnte sie das sehen, ohne selbst gesehen zu werden.

Über herumliegende Trümmer auf dem Boden gelangte sie zur Feuertreppe und kletterte ohne Mühe aufs Dach. Zielstrebig steuerte sie die beiden Kamine an. Dort angekommen nahm Mia eine Decke, ihre Wasserflasche und eine trockene Scheibe Brot aus ihrem Rucksack. Es lag eine lange Nacht vor ihr und es gab keinen Grund, nicht das Beste daraus zu machen.

Sie beobachtete das Hochhaus die halbe Nacht. Es tat sich nichts. Keine Menschenseele, die aus dem Haus kam oder ins Haus ging. Kein Geräusch drang vom Hochhaus zu ihr hin, kein Flackern, kein besonderer Geruch.

Noch vor Morgengrauen spürte Mia, wie ihre Neugier immer größer wurde.

„Soll ich nachschauen gehen?"

„Ist das nicht zu gefährlich?"

„Wenn sich andere Menschen hier niedergelassen haben, ist es gefährlicher, nicht zu wissen, dass sie hier sind."

Mia nickte zustimmend. Sie packte ihren Kram ein. Vorsichtig, ohne ein unnötiges Geräusch zu machen, stieg sie die Feuertreppe hinunter. Vor dem Eingang des Hochhauses schaute sie nochmals hoch. Sie zählte die Stockwerke bis zum Licht.

„Zehn plus zwei Stockwerke."

„Das ist verdammt hoch."

„Es wird lange dauern, bis ich oben bin."

„Und wenn ich fliehen muss?"

„Es gibt außer dem Treppenhaus keine Fluchtmöglichkeiten!"

„Das ist viel zu riskant! Man könnte mir den Weg abschneiden."

Mit einem kleinen Schritt betrat Mia das Hochhaus und schaltete ihre Taschenlampe ein.

„Das ist wirklich eine selten dumme Idee!"

Die Tür zum Treppenhaus war weg. Sie trat hinein, beugte sich über das Geländer und schaute nach oben, danach nach unten. Nichts! Bloß endlose Treppen. Sie lauschte, konnte aber außer ihren eigenen schweren Atemzügen nichts hören.

„Mia, Mia, Mia! Das ist wirklich keine gute Idee! Jetzt kannst du noch umkehren."

Ihr Griff wanderte zum Dolch, den sie an der Seite trug. Er würde ihr kaum helfen, falls mehrere Leute sie angriffen, falls sie Schusswaffen hatten, falls sie ihr von hinten auflauerten oder nur schon falls sie längere Arme als sie hatten.

„Du kannst jetzt noch umkehren."

Mia schaute zurück. Sie hatte bereits zwei Stockwerke erklommen. Zehn lagen noch vor ihr.

„Ich atme so laut, sie haben mich bestimmt schon gehört."

„Was, wenn sie Schokolade dabeihaben?"

„Schokolade wäre das Risiko wert."

„Nein, wäre es nicht!"

Als Mia im zwölften Stockwerk ankam, schaute sie vorsichtig in den Flur. Mia konnte nur erahnen, dass der Flur einst von roten Teppichen überzogen gewesen war und dass gläserne Türen die weiß gestrichenen Wände geziert hatten. Die Teppiche waren braun vor Schmutz und von Glasscherben übersät. Der Verputz der Wände war abgesplittert und nur leere Rahmen erinnerten noch an die Türen. Wind zog durch das Stockwerk. Die Fenster

mussten ebenfalls zerstört sein. An der Decke hing heller Rauch.
„Also doch ein Feuer!"
„Niemand zu sehen."
„Das bedeutet nicht, dass niemand da ist!"
Mia schob einen Fuß vor den anderen. Sie hob die Füße kaum. Sie wollte vermeiden, auf eine Scherbe zu treten. Ihr Herz klopfte ihr bis zum Hals.
Sie schaute in jede Türöffnung, aber sie sah niemanden.
„Ist das eine Falle?"
„Ich kann noch immer fliehen."
Mias Bauch rumorte. Der Hunger trieb sie weiter voran.
Argwöhnisch spähte sie um die nächste Ecke. Ihr Atem stockte. Ein Mann lag schlafend direkt neben der Türöffnung, den Kopf auf einem Rucksack ruhend. Auf der anderen Seite des Feuers lag eine Frau, in jedem ihrer Arme ein Kind.
„Dort sind bestimmt Vorräte drin."
„Wir müssen den Mann töten, um an den Rucksack zu kommen."
Mia klammerte sich am Griff ihres Dolches fest. Sie starrte die freiliegende Kehle an. Ein tiefer Schnitt. Die Frau würde keine Gefahr darstellen. Und die Kinder…
„Die Kinder!"
Sie schaute zu den kleinen Kindern hinüber. Sie waren bestimmt erst vier oder fünf Jahre alt. Kleine Kinder!
„Keine Gefahr!"
„Aber die Moral?"
„Was für eine Moral?"
„Die Kinder werden sterben, wenn sie auf sich allein gestellt sind."
„Sie sind nicht auf sich allein gestellt! Sie haben einander und ihre Mutter!"
„Mütter sind schwach!"
„Ich bin alleine, sie wären dann immer noch zu dritt."
„Schau sie dir an!" Mia beobachtete das sachte Heben und Senken der schmächtigen Brustkörbe. Die tiefen Atemzüge der kleinen Kinder hatten etwas seltsam Beruhigendes. Sie spürte einen Stich in ihrem Herzen. Gerne würde sie sich zu ihnen legen und sich ebenfalls geborgen fühlen. Sie hatte schon lange niemanden mehr gehabt.
„Ist es den Preis wirklich wert?"
Mia schüttelte traurig den Kopf. Wenn der Mann alleine

gewesen wäre? Vielleicht.

Sie machte einen Schritt zurück.

Die Scherbe unter ihrem Fuß knackte. Mia erstarrte. Der Mann schreckte hoch und zog im gleichen Zug seine Waffe. Ohne ihr in die Augen zu schauen drückte er ab. Es leuchtete hell auf. Danach wurde es schwarz.

Mias Körper kippte nach hinten.

„Jetzt kannst du nicht mehr fliehen.“

„Dumm, dumm, dumm!“

# Entscheidungsfee

„Name?"
Der Beamte schaute ihn über seine Nickelbrille gelangweilt an.
„Daniel!" Er räusperte sich, bevor er fortfuhr: „Keller." Daniel
hatte volle zwei Stunden in der Warteschlange gestanden und
nichts zu trinken mitgenommen. Sein Hals war kratzig und rau.
Eigentlich sollte er derjenige sein, der gelangweilt war, aber sein
Puls raste. Dies würde der Anfang seines neuen Lebens sein.
„Und Sie haben einen Antrag für eine Erklärungsfee gestellt?"
„Was? Nein!" Hielt der Beamte ihn für dumm? Erklärungsfeen
erklärten ihren Klienten alles, was sie nicht verstehen. Sicherlich
eine nützliche Fee, aber nicht die, die er benötigte.
„Hier steht Erklärungsfee!", beharrte der Beamte. Er kniff die
Augen zusammen und hielt Daniel das Blatt direkt vor die Nase.
„Es sollte aber Entscheidungsfee stehen", beteuerte Daniel.
Der Beamte nickte, strich etwas auf dem Blatt durch und schrieb
sich eine Notiz. „Falls Sie das nächste Mal Hilfe benötigen",
erklärte er mit einem mitleidigen Unterton, „dann zögern Sie
nicht, eine unserer hiesigen Unterstützungsfeen zu bean-
spruchen. Sie sind dazu da unsere Kunden zu unterstützen, wissen
Sie?"
Daniel nickte. Er brauchte keine Unterstützung beim Ausfüllen
von Formularen. Wie konnte es dieser ungehobelte Kerl nur
wagen? Der Typ benötigte eine bessere Brille. Aber wäre es
sinnvoll, ihn darauf hinzuweisen? Was konnte er daraus
gewinnen? Würde der Beamte sich eine neue Brille kaufen, und
seine zukünftigen Kunden ...
„Haben Sie das Gutachten des Psychologen?" Der Beamte riss
ihn aus seinen Gedanken.
„Wie? Ja, natürlich." Daniel kramte in seiner Tasche, bis er das
geforderte Dokument fand, und überreichte es dem Beamten.
„Sehr gut." Der Beamte überflog die Papiere, nickte zufrieden
und fragte: „Der Psychologe empfiehlt eine Grad 1 Betreuung!"
„Mhm", stimmte Daniel zu.

„Sie wissen, dass Ihre Krankenkasse nur einen Drittel der Kosten übernimmt? Den Rest müssen Sie selber bezahlen."

„Ja!"

„Und Sie sind bereit, den Entscheidungen der Fee Folge zu leisten?"

Daniel nickte.

Der Beamte starrte ihn weiter erwartungsvoll an.

„Ja", knurrte Daniel zwischen zusammengebissenen Zähnen. Wenn der Beamte nicht langsam vorwärts machte, dann würde er … er würde … also er würde bestimmt, nein aber doch.

„Wenn Sie die Fee um eine Entscheidung bitten, müssen Sie dieser Folge leisten. Ansonsten ist das System nutzlos und wir sind dazu berechtigt, Schadenersatz zu verlangen."

Uff. Er wusste das alles schon, trotzdem hatte er beim Gedanken, einen Teil seiner Freiheit aufzugeben, ein mulmiges Gefühl. Aber schlimmer konnte es ja nicht werden! Wie hat sein Psychologe gesagt? Mit Hilfe der Entscheidungsfee würde er wieder lernen, sein Leben aktiv zu gestalten, statt es passiv geschehen zu lassen. „Ich habe verstanden."

„Es ist meine Pflicht, Sie darüber aufzuklären, dass die Entscheidungsfee nicht mehr als zweimal fünf Stunden pro Tag arbeiten darf. Dazwischen ist eine Pause von eineinhalb Stunden notwendig. Sie können mit ihrer Entscheidungsfee die Arbeitszeiten individuell vereinbaren. Sollte die Entscheidungsfee nicht ausreichen, sprechen Sie bitte mit Ihrem Psychologen, damit er sein Gutachten auf Grad 2 erweitert"

Daniel nickte.

„Wir können ohne entsprechendes Gutachten sonst nichts für Sie tun." Der Beamte schaute ihn wieder mit diesem mitleidigen Blick an.

Was hatte er bloß? Bemitleidete er alle, die hierher kamen? Oder hielt er ihn für einen besonders schweren Fall?

„Die Entscheidungsfeen haben eine Schweigepflicht, davon ausgenommen sind erhebliche eigen- oder fremdgefährdende Verhaltensweisen oder illegales Handeln."

„Dazu hätte ich eine Frage", platzte es aus Daniel heraus.

„Ja?" Der Beamte hob fragend seine Augenbrauen in die Höhe.

Verdammt. Daniel bereute sogleich seine Impulsivität. Er kannte die Antwort. Doch was sollte er sagen? Er konnte jetzt doch keinen Rückzieher mehr machen, oder konnte er doch?

„Auf was warten Sie, fragen Sie einfach", forderte ihn der

Beamte auf.

Daniel räusperte sich. „Meldet die Entscheidungsfee auch Schwarzfahren in der Bahn oder Marihuanakonsum?" Nervös zupfte er an seinem Jackenärmel. „Nicht, dass ich so etwas jemals machen würde."

„Ja, meldet sie", antwortete der Beamte schlicht und fuhr mit seinem Monolog fort: „Des Weiteren kann die Entscheidungsfee ihr Mandat niederlegen. Sie ist keine Sklavin, keine Putzfee oder Haushaltshilfe. Noch weniger ist sie ihr Freund oder Freundin, ihr Seelenklempner oder ein Haustier. Ihre Aufgabe ist es, Ihre Entscheidungen für Sie zu treffen, im Sinne Ihres Wohlergehens."

„Jaha."

Der Beamte schaute ihn entrüstet über seine Brille an. „Wenn Sie mit Ihrer Entscheidungsfee nicht zufrieden sind, dann können Sie einen Ersatz beantragen, da aber Entscheidungsfeen rar sind, beachten Sie bitte die Wartezeit von etwa einem halben Jahr."

Daniel sagte nichts. Er hatte ein ganzes Jahr und zwei Stunden auf diesen Termin gewartet. Ein halbes Jahr war zu optimistisch.

„Falls Sie alles verstanden haben, unterschreiben Sie bitte die Einverständniserklärung." Der Beamte drückte ihm ein weiteres Blatt in die Hand: „Und jetzt bitte den allgemeinen Auftragsvertrag."

Nachdem Daniel die beiden Blätter unterschrieben hatte, ordnete der Beamte diese in einen Stapel mit anderen Blättern ein, kopierte alles mehrmals und gab Daniel einen Satz davon. Daniel schaute die Blätter an. Was sollte er damit tun? In seine Tasche legen? In die Hand nehmen? Brauchte er diese Blätter überhaupt?

Der Beamte seufzte tief und sagte: „Verstauen Sie die Blätter in Ihrer Tasche und folgen Sie mir."

Der Beamte führte ihn einen Stock höher und erklärte ihm: „Wir sehen davon ab, Entscheidungsfeen zuzuteilen. Die Entscheidungsfeen dürfen sich ihre Klienten selbst aussuchen. Das ist eine echte Innovation. Aufgrund ihrer Umstände sind ja die Klienten selten dazu in der Lage, ihre Feen eigenständig auszusuchen. Aber natürlich berücksichtigen wir auch Wünsche der Klienten. Damit stellen wir sicher, dass Klient und Fee lange und gut zusammenarbeiten. Denn nur eine motivierte

Entscheidungsfee kann gute Entscheidungen treffen."
Klang wie ein Werbejingle. Wahrscheinlich war es das auch. Der
Beamte war bestimmt dazu verpflichtet, diesen Satz aufzusagen.
Daniel nickte lediglich stumm. Er war neugierig auf seine
zukünftige Fee. Er freute sich auf die Entscheidungen. Endlich
würde er sich nicht mehr den ganzen Tag über den Kopf
zerbrechen müssen.
Der Beamte hielt vor einer blauen Tür. „Hier wären wir. Sie
können sich auf das Sofa setzen und die Entscheidungsfeen
werden mit Ihnen sprechen." Der Beamte öffnete die Tür und
stieß den nervösen Daniel in den Raum.
Der Raum war mit mehreren großen Topfpflanzen ausgestattet.
In den Ästen saßen Feen, kaum so groß wie seine Hand und mit
durchsichtigen Flügel. Er hätte nicht gedacht, dass sich so viele
Feen in diesem Raum aufhalten würden. Warum waren die
Wartezeiten so lange, wenn hier zehn Feen untätig herumsaßen?
Obwohl es „die" Fee hieß, gab es unter den Feen auch
männliche Exemplare. Alle waren von zierlicher Statur, hatten
kantige Gesichter und trugen grüne Kleider. In der Mitte des
Raums stand ein Sofa.
Alle Feen starrten Daniel erwartungsvoll an. Er tapste zum Sofa,
hob seine zitternde Hand und sagte: „Hey, ich suche eine
Entscheidungsfee."
„Ach nee?", fragte eine männliche Fee mit schwarzen langen
Haaren und Dreitagebart und winkte gelangweilt ab.
„Psst, sei nett, du siehst doch, dass er nervös ist", stupste ihn eine
andere von der Seite an.
Eine mit roten Haaren forderte Daniel auf: „Erzähl was von dir."
„Was soll ich sagen? Ich bin männlich, zweiunddreißig, arbeite
als Wirtschaftsinformatiker ..."
„Das ist keine Partnerbörse! Oder bist du einer von denen?" Die
männliche Fee verzog angewidert das Gesicht.
„Was?" Daniel riss die Augen auf. „Natürlich nicht."
„Also, was suchst du? Wie und wo soll deine Entscheidungsfee
dir helfen. Wo lebst du?", fragte die Rothaarige nach.
„Ich suche jemanden, der mir hilft, meinen Alltag in den Griff
zu kriegen. Ich sinniere so lange darüber nach, was ich machen
soll, dass der ganze Tag vorbei ist, ohne dass ich irgendwas
erledigt habe."
Die männliche Fee flog zu ihm herüber, stupste seinen Bauch an
und sagte: „Für Sport entscheidest du dich jedenfalls nicht sehr

oft."

„Chip, das war gemein.", fiepte eine blonde Fee. „Also, Daniel, was noch?"

„Ich wohne in einer Dreizimmerwohnung direkt neben dem Stadtpark."

Ein aufgeregtes Gemurmel ging durch die Feen.

Die Blonde rief: „Meiner!" Hob sich von ihrem Ast ab, flog auf ihn zu und landete auf seiner Schulter. Daniel hörte ein unterdrück Fluchen.

Die Blonde musterte ihn von allen Seiten und räusperte sich. „Also, wenn du magst, können wir es zusammen versuchen."

Daniel nickte. Er wagte es nicht, darüber nachzudenken, ob jetzt das die richtige Entscheidungsfee für ihn war. Wie sollte er das auch entscheiden? Er war erleichtert, dass sich nicht der Gemeine für ihn entschieden hatte. Hätte er sich dann gewehrt? Hätte er müssen. Das wäre ihm ...

„War das ein Ja? Du musst es laut aussprechen."

Daniel räusperte sich: „Ja, sehr gern."

„Also, dann hopp, beweg dich zur Tür", forderte die Fee ihn auf. Daniel stand auf und lief zur Tür. Draußen wartete der Beamte auf ihn. „Ich sehe, Sie sind fündig geworden. Freut mich, Rinie ist eine äußerst geduldige Fee. Sie wird Ihnen guttun."

Äußerst geduldig? Was meinte der Typ damit? Sollte er fragen? Oder es stillschweigend hinnehmen?

„Lass es gut sein", flüsterte Rinie ihm zu.

Daniel nickte. Eine Entscheidung! Das tat gut. Eine ungewohnte innere Ruhe erfasste ihn.

Der Beamte begleitete sie zur Tür.

Vor dem Gebäude schaute Daniel nach links und rechts und blieb unschlüssig stehen.

„Was ist?", fragte Rinie.

„Ich weiß nicht, ob wir den Bus oder ein Taxi nach Hause nehmen sollen. Das Taxi ist zwar teurer, dafür sind wir schneller zu Hause."

„Also ich, als deine Entscheidungsfee, entscheide, dass du zu Fuß nach Hause gehen sollst. Am besten joggend. Es ist so ein schöner Tag."

Daniel schaute sie entsetzt an. „Zu Fuß?"

„Ja!"

„Das sind über fünf Kilometer. Dafür brauche ich bestimmt eine Stunde. Ich habe nicht mal die richtigen Schuhe für sowas an!"

„Hat dich der Beamte nicht darüber aufgeklärt, dass du meine Entscheidungen nicht anzweifeln sollst?"
„Doch schon, aber ..."
„Also dann. Worauf wartest du?!"

„Jetzt schreib schon!", drängte Rinie.
„Jahhaa. Ich mach ja schon!" Daniel verdrehte die Augen und löschte die ersten geschriebenen Worte seiner SMS.
„Was hat sie gestern gesagt, als sie dir die Nummer gab?" Rinie landete auf Daniels Schultern und schaute gebannt zu, wie Daniel zögernd die ersten Buchstaben tippte.
Rinies Aufregung nervte ihn. Besonders, dass sie jedes Wort kontrollierte. Verhalten zuckte er mit den Schultern, damit sie davonflog. Vielleicht hätte er ihr besser nichts davon erzählt oder sie wenigstens nicht um eine Entscheidung gebeten? Das hatte er nun davon.
Zu seinem Leidwesen hatte Rinie gestern entschieden, dass er ausgehen musste. Sie gab ihm die Anweisung, in einer Bar etwas zu trinken. Dabei wollte er nur Hilfe bei der Entscheidung, welchen Film er schauen sollte. Er hatte sich die ganze Woche auf sein Samstagabendritual mit Film und Pizza gefreut. Gleich nachdem er gefragt hatte, was er an diesem Abend tun sollte, hätte er sich Ohrfeigen können. Aber es half nichts.
Wie so oft hatte ihm Rinies Entscheidung nicht sonderlich zugesagt. Er hatte bereits mit seinem Psychiater darüber gesprochen. Dieser hatte ihm erklärt, es sei Rinies Aufgabe, ihn aus seiner Komfortzone zu holen. Auch wenn er den Sinn dahinter verstand, haderte er damit. Es hieß ja nicht umsonst Komfortzone.
Gerade diese Entscheidung war für ihn schwer hinzunehmen gewesen. Er empfand es als unheimlich traurig, allein in eine Bar zu gehen, zuzuschauen wie alle sich amüsieren ohne teilnehmen

zu können. In seiner Vorstellung konnte man an kaum einem Ort einsamer sein. Trotzdem entschied er sich dafür, ohne Rinie zu gehen. Er konnte sich förmlich die mitleidigen Blicke und die Gedanken der anderen Gäste vorstellen.

*Wieder so einer, der sein Leben nicht auf die Reihe kriegt!*

*Versager!*

*Wahrscheinlich braucht er sogar Hilfe beim Bierausuchen!*

Nein, da ging er lieber allein. Er würde einfach das erste Bier auf der Karte nehmen. Daniel war überzeugt gewesen, dass Rinie auf seinen Mut und die eigenständig getroffene Entscheidung stolz sein würde. Zu seiner Enttäuschung ließ sie sich aber nichts anmerken.

Rinie hatte entschieden, dass er für diesen Anlass seine blauen Jeans und seinen grauen Pullover anziehen sollte. Seiner Meinung nach eine unglaublich langweilige Wahl, aber wie immer fügte er sich.

Er war in sein altes Stammlokal gegangen, das er früher oft mit seinen Studienkollegen besucht hatte.

Die Bar hatte sich nicht verändert. Sie stank immer noch nach abgestandener Luft, Schweiß und Rauch. Es war eng und man musste sich den Weg zum Tresen erkämpfen.

Als er endlich sein Bier hatte, stellte er sich an einen der freien Stehtische. Er konnte von diesem Platz aus den gesamten Raum überblicken. Rinie hatte ihm aufgetragen, mindestens zwei Stunden dort zu bleiben und dabei weder aufs Handy zu schauen noch ein Buch zu lesen. Er solle wirken, als ob er zugänglich für Gespräche sei.

„Aber wenn dort nur betrunkene Idioten sind, will ich gar nicht mit ihnen sprechen!", gab er Rinie zu bedenken.

„Du weißt nicht, ob sie Idioten sind, bevor du nicht mit ihnen gesprochen hast", konterte Rinie.

Daniel hatte ergeben genickt. Er wusste, dass Widerspruch zwecklos war. Zudem konnte er dieser Logik nichts entgegensetzen.

Aber die Zeit im Pub wollte nicht vergehen. Sein Pint wurde immer leerer und die Leute immer sonderbarer, während die Zeiger der Uhr an der gegenüberliegenden Wand sich nur mit halber Geschwindigkeit zu bewegen schienen.

„Bist du alleine hier?" Wie aus dem Nichts stand eine Frau an seinem Tisch und stellte ihr Weinglas ab. Sie hatte ein warmes Lächeln, große Augen hinter einer noch größeren Nickelbrille und trug einen unförmigen, grässlich bunten Rock, der ihre Hüfte unvorteilhaft zur Geltung brachte.

Daniel nickte. Er konnte schlecht nein sagen.

„Ich bin Sally", stellte sie sich vor und streckte ihm die Hand hin.

„Daniel", murmelte er verlegen. Er hatte mit allem gerechnet, aber nicht damit, dass ihn jemand ansprechen würde.

„Daniel, sowie Daniel Düsentrieb?" Sally lachte viel zu laut über ihren eigenen Witz.

Daniel wollte am liebsten im Erdboden versinken. Trotzdem rang er sich ein Lächeln ab. Er schielte zur Uhr und sah, dass sich der Zeiger tatsächlich bewegt hatte. Er musste nur noch eine Stunde bleiben, dann konnte er dieser Situation entfliehen.

„Wie sah sie aus? War sie sehr hübsch?" Rinie löcherte ihn unablässig mit Fragen.

„Sie sah aus wie ...", Daniel suchte nach der richtigen Beschreibung, „meine Tante Emma in jung."

„Das klingt nett." Rinie überhörte weiterhin Daniels Unmut.

Klang es gar nicht. Er hatte sich Sallys Nummer aufschwatzen lassen und Rinie hatte entschieden, dass er sich mit ihr verabreden sollte. Ein Alptraum! Diese Frau hatte ihm schon eine Stunde seines Lebens geklaut. Aber Rinie meinte, er müsse sie nicht heiraten, ein Date würde ihm guttun.

„Jetzt schreib", forderte Rinie ihn erneut auf.

Daniel schrieb: „Hallo Sally!"

„Nein, schreib Liebe Sally, das ist netter", intervenierte Rinie.

„Liebe Sally, willst du ein Date haben? Gruß Daniel."

„Das soll es sein? Willst du ein Date haben?", rief Rinie aus und flatterte wild um Daniels Kopf. „Das kannst du so nicht senden."

Daniel stöhnte und fragte: „Was soll ich stattdessen schreiben?"

„Ich dachte, du fragst nie." Rinie strahlte. Voller Enthusiasmus diktierte sie: „Liebe Sally, danke für den tollen Abend gestern.

Ich würde dich gerne wiedersehen. Kann ich dich auf ein Date entführen?"

„Aber wenn ich so nett schreibe, dann kann sie ja kaum mehr nein sagen." Daniel war entsetzt.

„Pah! Das ist doch auch das Ziel." Rinie landete direkt vor Daniel auf dem Tisch und stemmte die Hände in die Hüfte.

Daniel schrieb, was Rinie ihm diktiert hatte. Er würde sich hüten, Rinie um weitere Entscheidungen zu bitten. Für ihn stand fest, dass er an diesem Date seine bequemste Kleidung tragen und Sally ins Kino einladen würde. Hauptsache nicht mit ihr reden.

Sally warf einen erstaunten Blick auf ihr Handy.

Eine Nachricht von Daniel? Was für eine Überraschung!

„Siehst du, ich habe dir gesagt, er wird sich bei dir melden!" Ihre Entscheidungsfee Taani schaute sie triumphierend an.

Sally hatte an dem Abend alles genau so gemacht, wie Taani ihr es vorgeschrieben hatte: Einen Mann anquatschen, einen Witz zur Auflockerung machen, über seine Witze lachen und, und, und. Zum Schluss sollte sie ihm ihre Nummer geben und abwarten.

Taani las die Nachricht mit und jauchzte vor Freude.

Ein Seufzer entfloh Sally. Sie wollte nicht mit Daniel auf ein Date. Er war nett gewesen, aber gleichzeitig unheimlich langweilig. Einen ganzen Abend mit diesem Typ verbringen? Ein Alptraum! Sie musste ihm absagen, aber wie? In ihrer Verzweiflung fragte sie laut: „Was soll ich jetzt bloß antworten?" Vor Schreck biss sie sich auf die Zunge.

Taani lachte auf und entschied, bevor Sally es verhindern konnte: „Natürlich wirst du ein Ja zurückschreiben. Oder gleich anrufen und zusagen."

„Und, wie fandest du den Film?" Daniel hatte Sally vorgeschlagen, nach dem Kinobesuch etwas trinken zu gehen. Hauptsächlich, weil er dringend aufs Klo musste und die Schlange im Kino endlos lange war. Sally hatte mit einem strahlenden Lächeln zugestimmt. Daniel hatte es ihr überlassen, die Getränke und den Tisch zu besorgen, während er aufs Klo eilte. Als er zurückkam, standen zwei Bier auf einem kleinen Tisch und Sally winkte ihm zu.

„Ich fand es wundervoll, als der Prinz auf die Knie fiel und ihr einen Antrag machte ...", schwärmte Sally.

Daniel hatte während dieser Szene nur mit Mühe ein Würgen vermeiden können. Warum hatte er sich auf eine romantische Komödie eingelassen? Und was zur Hölle sollte er darauf antworten? Er konnte ja jetzt schlecht sagen, dass dies die schlimmste Szene gewesen war? Oder dass ihm dabei schlecht geworden war?

Sally lachte: „Ich mach nur Spaß. Der Film war unglaublich schlecht. Das nächste Mal gehen wir einen Zombiefilm schauen, da weiß man wenigstens was man kriegt."

Daniel fiel ein Stein vom Herzen. „Ich bin so froh, dass du das gesagt hast."

Sally zwinkerte ihm zu und als sie ihn anlächelte, machte sein Herz einen kleinen Satz.

„Weißt du, ich hätte dir beinahe nicht geschrieben, wenn Rinie nicht entschieden ..." Daniel brach ab. Wie konnte er nur so dumm sein und seine Entscheidungsfee erwähnen.

„Rinie? Wer ist Rinie?" Sallys Augen wurden schmal. Daniel fing unwillkürlich an zu schwitzen.

„Rinie, also Rinie ist ... Es ist so, dass ..." Was sollte er sagen, seine Freundin? Nein, eine Freundin? Nein, auch doof. Seine Schwester?

„Nun sag schon, wenn du eine Freundin hast, wäre es schön gewesen ..."

„Nein, so ist es nicht. Rinie ist ...“

„Ja?“

„Sie ist meine Entscheidungsfee!“ Jetzt war es raus. Daniel sackte in sich zusammen. Jetzt hatte er sich als Versager geoutet. Wie konnte sie ihn jetzt bloß noch ernst nehmen? Er hätte das ja nicht gedacht, aber die letzten Stunden mit ihr hatte er sehr genossen. Und jetzt?

Jetzt wusste sie, dass er von einer Entscheidungsfee zu diesem Date gezwungen worden war.

Sally lachte auf und ihre Augen glitzerten.

Noch besser, sie machte sich über ihn lustig! Ganz gut! Das war genau die Reaktion gewesen, die er befürchtet hatte. Er hätte niemals auf Rinie hören sollen. Wie dumm er doch gewesen war. Daniel stand auf. Das musste er sich nicht geben.

„Wo willst du hin?“

„Gehen.“

„Aber ... So warte doch?“

„Worauf? Dass du dich noch weiter über mich amüsieren kannst?“ Enttäuscht von sich selbst schüttelte er den Kopf. Er hätte es besser wissen sollen.

„Was? Nein, ich wollte dir nur sagen ...“

„... dass es gar nicht so schlimm ist, Hilfe in Anspruch zu nehmen“, beendete er zynisch ihren Satz. Auf ihr Mitleid konnte er verzichten. Da würde er Spott und Hohn bevorzugen.

„... dass ich auch eine Entscheidungsfee habe.“

Daniel schaute sie verwirrt an. Was hatte sie gesagt? „Hast du?“

„Ja!“

„Aber du wirkst so ... so ... ich kann mir gar nicht vorstellen, dass du eine benötigst.“

Sally lächelte verlegen. „Danke.“

„Und wie ist deine Entscheidungsfee so? Quält sie dich auch andauernd mit unangenehmen Entscheidungen?“

„Ist das nicht ihre Aufgabe? Meistens ist sie aber ganz nett. Ich muss nur aufpassen, welche Fragen ich laut stelle. Und vor allem wie! Wie ist das A und O.“

„Ja, das habe ich auch schon rausgefunden. Wie lange hast du deine Entscheidungsfee schon?“

„Seit ein paar Jahren. Aber immer weniger. Jetzt nur noch zwei, drei Tage die Woche. Ich finde es so schön, dass du mir das mit Rinie erzählt hast. Es falsch, dass die Unterstützung von Entscheidungsfeen so stigmatisiert wird.“

Jahre!? Er hoffte, dass Rinie nach wenigen Monaten überflüssig werden würde. Er wollte nicht Ewigkeiten an einer Entscheidungsfee hängen oder gar überhaupt nicht mehr von ihr loskommen. Jahre! Das war unglaublich! Sally war bestimmt ein wirklich schwerer Fall ...

„Und du?"

„Was und ich?"

„Wie lange hast du schon eine Entscheidungsfee?"

„Erst ein paar Wochen. Aber ich hoffe, schon bald wieder auf sie verzichten zu können."

Sally warf ihm ein unergründliches Lächeln zu.

„Und wie war das Aussuchen? Hattest du Mühe, eine passende zu finden? Ich glaube, sie haben den Prozess angepasst, oder?"

„Nein ... also ja, ich musste mich vor einigen Feen vorstellen und als ich sagte, dass ich neben dem Stadtpark wohne, haben sie sich beinahe um mich gestritten."

„Du wohnst neben dem Stadtpark?" Sallys Augen glitzerten wie Feenflügel.

Daniel nickte eifrig. „Ja, auf der Nordseite des Parks, in dem Haus mit der lila Fassade. Ich habe direkte Sicht auf die Magnolie im Park."

„Oh, wie schön!"

Daniel schaute auf die Uhr. „Ich glaube, es ist langsam Zeit zu gehen, damit ich meine letzte Bahn noch erwische."

Sally nickte und packte ihre Sachen. Ahnte sie, dass das nur eine Ausrede war? „Eine Frage hätte ich noch ..."

„Ja?"

Daniel trat von einem Fuß auf den anderen. „War es deine Entscheidung gewesen, dich mit mir zu treffen?"

Sally wich seinem Blick aus. „Würde das etwas ändern?"

„Also nein." Daniel zuckte mit den Schultern. „Ist schon gut. Ich verstehe."

Schweigend liefen sie zur nächsten Bahnstation.

Am Morgen wurde Daniel von Rinie geweckt.

„Uuuuund? Wie war dein Date?"

„Ganz gut, bis ..."

Rinie stöhnte auf. „Was hast du wieder Dummes getan?"

„Nichts. Ich meine. Ich habe von dir erzählt und es hat sich herausgestellt, dass sie auch eine Entscheidungsfee hat!"

„Wirklich? Wie heißt sie? Vielleicht kenne ich sie. Oder ist es ein er?" Rinie flatterte in der Wohnung umher.

„Ich weiß es nicht." Daniel stand auf und schleppte sich zur Kaffeemaschine.

„Macht nichts, du kannst sie ja das nächste Mal fragen." Rinie landete auf dem Esstisch. „Oh, oder noch besser, du lädst beide zu dir ein."

Daniel schüttelte den Kopf: „Ich werde sie nicht wiedersehen."

„Was!?" Rinie stemmte die Hände in die Hüfte. „Das kannst du doch nicht machen. Ich dachte, du hättest Spaß gehabt?"

„Das schon, aber Sally hat sich gar nicht aus freien Stücken mit mir getroffen. Es war die Entscheidung ihrer Fee."

„Und jetzt? War bei dir auch nicht anders."

„Das schon, aber wenn beide sich nicht treffen wollten, dann wird das schon seinen Grund haben."

Rinies Schultern sackten zusammen. „Aber glaubst du nicht, dass es dir guttun würde?"

„Bist du nicht hier, um mich bei meiner Entscheidungsfindung zu unterstützen? Ist es da nicht kontraproduktiv, wenn du dich bei bereits getroffenen Entscheidungen einmischst?"

„Doch schon ..., aber ..."

„Ich will nicht meine Zeit mit jemandem verschwenden, der nur mit mir auf einem Date war, weil die Entscheidungsfee es so wollte."

„Aber du ..."

„Nichts aber!"

Es klingelte an der Tür. Beschwingt von seiner selbst getroffenen

Entscheidung öffnete er diese.

„Sally? Was machst du denn hier?" Er war versucht, ihr die Tür vor der Nase zuzuschlagen, doch bevor er sich dazu durchringen konnte, war sie mit ihrer Entscheidungsfee in der Wohnung und schaute sich voller Entdeckerfreude um.

„Hallo Daniel, entschuldige den unerwarteten Besuch, aber ich wollte nochmals mit dir sprechen."

Er beobachtete die beiden Feen, wie sie sich einem Tanz gleichend mit energischen Flügelschlägen umkreisten. Anschließend zogen sie sich zum Tuscheln in eine Ecke zurück. Nur zu gerne hätte er gewusst, über was sich die beiden unterhielten. Wenn er Glück hatte, würde Rinie Sallys Fee aushorchen. Sally! Sie stand immer noch vor ihm! Ein säuerlicher Geschmack breitete sich in seinem Mund aus. „Bist du hier, weil du es willst, oder weil deine Entscheidungsfee dich dazu gedrängt hat?", fragte er zynisch.

Sally verdrehte die Augen. „Ich bin natürlich wegen dir hier, du kleiner Trottel."

Die Antwort traf ihn wider Erwarten tief und tausend Fragen tummelten sich in seinem Kopf. Warum war sie hier? Warum wegen ihm? Was hatte ihre Entscheidungsfee dazu gesagt? Hatte sie nicht verstanden ... Was wollte sie? Wie hatte sie ihn gefunden? War das nicht ein wenig unheimlich? Stalkermäßig? Aber welche Frage sollte er zuerst stellen? Vielleicht die Stalkerfrage zuletzt. Und hatte sie ihn Trottel genannt? Warum war sie hier, wenn sie ihn für einen Idioten hielt? Und überhaupt, es war Sonntagmorgen ...

„Ich dachte, ich überrasche dich mit einem Full-English-Breakfast-Picknick." Sally zeigte auf den Korb und in diesem Moment nahm Daniel die vielfältigen Düfte wahr, die ihm das Wasser im Mund zusammenlaufen ließen. „Aber, aber ... wie?"

„Wie ich dich gefunden habe?" Sally lachte glockenhell auf. „Du hast mir erklärt, wo genau sich deine Wohnung neben dem Park befindet."

Das stimmte. Er hatte ihr auch gesagt, dass er noch nie auf einem Picknick gewesen war und dass er gerne einmal eines machen würde. Und überhaupt, welcher Mann liebte nicht ein Full-English-Breakfast? Diese Frau!

„Und es wäre schade, wenn ich das ganze Frühstück allein essen müsste."

Einige Tage nach Sallys Besuch schaute sich Daniel interessiert in ihrer Wohnung um. Er hatte erwartet, dass ihr Zuhause von Dekorationen mit Katzenmotiven, Teppichen und Tapeten übersät war. Was er aber sah, zeugte von einer solch schlichten Eleganz, dass Sally mit ihrem bunten Rock und ihrer großen Brille seltsam deplatziert wirkte. Sein Herz schlug ihm bis zum Hals. Verstohlen versuchte er, seine schweißnassen Hände an seiner Hose zu trocknen. Als er Sally kennengelernt hatte, hätte er nie gedacht, dass er jemals zu ihr nach Hause gehen würde. Und jetzt stand er hier!

Innerlich lächelnd dachte er an den Morgen nach dem Kino-Date. Was war er nur für ein Idiot gewesen. Seit dem Picknick hatten er und Sally sich jeden Tag geschrieben und dabei einen Plan für den heutigen Tag geschmiedet.

Rinie saß auf seinen Schultern und flüsterte ihm zu, dass er sich für die Einladung bedanken sollte.

„Danke Sally für die Einladung, das ist äußerst nett von dir."

Sally lächelte ihn verwegen an und sein Herz machte einen Satz. Sie streckte ihre Hand nach ihm aus. Eilig wischte er sich seine an der Hose trocken, bevor er ihre ergriff.

Rinie klammerte sich an Daniels Hemd fest. Sie wusste gar nicht, warum er darauf bestanden hatte, dass sie ihn begleitete. Mit seiner schnöseligen Stimme hatte er lamentiert, dass er furchtbar nervös sei und ihre Unterstützung bräuchte. Dana sei Dank war Sallys Entscheidungsfee ebenfalls dabei. Mit ein bisschen Glück konnten sie in wenigen Minuten die Fliege machen.

„Rinie? Soll ich Sally jetzt küssen?", raunte Daniel ihr zu.

Rinie wäre fast von seinen Schultern geschlittert. Hatte er das allen Ernstes gefragt? Sie verdrehte die Augen. „Ja!"

Daniel zögerte. Was hatte dieser unbeholfene Trottel auf einmal?

„Mit oder ohne Zunge?"

Rinies fasste sich an die Stirn. Manchmal glaubte sie, dass die Menschen die Evolution rückwärts durchliefen. Hoffentlich hatte Sally nichts gehört. Besorgt linste Rinie zu ihr hinüber, aber sie tuschelte gerade mit ihrer Entscheidungsfee. Wenn sie wüsste, was Daniel soeben gefragt hatte, würde sie sich nicht die Mühe machen. Daniel stupste sie mit dem kleinen Finger an.

„Ich weiß es nicht. Das musst du fühlen. Wenn sie den Mund auf... ach, egal… küss sie einfach und denk nicht zu viel darüber nach."

„Fass ich sie dabei an?"

„Was?", kreischte Rinie.

„Psst, nicht so laut! Sally soll uns doch nicht hören. Ich meine, soll ich sie an die Hüfte fassen? Oder an den Po?" Daniel zögerte kurz, bevor er mit glänzenden Augen fragte: „Oder meinst du, ich könnte es wagen, ihr an die Brüste zu fassen."

„Sally! Küss ihn doch einfach, deine Fragen sind völlig unangebracht." Wenn Taani nicht in der Luft gewesen wäre, hätte sie mit Sicherheit mit dem Fuß gestampft. Rinie beobachtete, wie Taani kopfschüttelnd zum geöffneten Fenster flog. Eigentlich sollte sie sich ihr anschließen, denn egal,

**51**

was Sally Taani gefragt hatte, es konnte nicht schlimmer sein als das, was Daniel geboten hatte.

Daniel und Sally blinzelten sich einen Moment zu, ihre Mundwinkel zogen sich nach oben und wie auf Kommando lachten beide wie wie kleine Kinder.

„Weißt du was mit den Menschen los ist?", fragte Taani und flog zu Rinie hin.

Rinie zuckte mit den Schultern. „Wahrscheinlich haben sie realisiert, dass sie Idioten sind und anstatt zu weinen lachen sie jetzt."

„Menschen sind schon sonderbar."

Rinie seufzte. „Wem sagst du das?"

Daniel schnappte nach Luft. „Wir... haha... Wir haben euch ..."

Sally rappelte sich auf und vollendete den Satz: „Wir haben euch reingelegt."

Reingelegt!? Wie? Was meinten sie? Und was war daran so witzig? Rinie brauchte einen Moment, bis ihr die Antwort wie Schuppen von den Augen fiel. Die Fragen! Das war mit Sicherheit gegen den Vertrag. Was für eine Frechheit. Sie war weder zu ihrer noch zu Daniels Belustigung hier. Und gewiss nicht, um sich veräppeln zu lassen.

Daniel sah sie so freudestrahlend an, dass es schwer war, böse auf ihn zu sein. Sie hatte ihn nie zuvor so ungezwungen und motiviert erlebt.

„Ach komm, Rinie. Sei nicht böse. Sally und ich haben uns einen kleinen Spaß erlaubt. Na ja, als Dank, dass ihr uns zusammengebracht habt."

Beide grinsten sich dümmlich an, so, wie es nur Verliebte taten.

Rinie unterdrückte mit Mühe ein Grinsen. Wie entzückend, Daniel hatte eine Freundin und es war ihr Verdienst. Na ja, mag sein, dass die andere Fee auch ein wenig dazu beigetragen hatte. Aber wenn, dann nur eine Prise. Als nächstes musste sie ihm beibringen, wie man sich richtig bedankt.

Daniel umarmte Sally von hinten und vergrub sein Gesicht in ihren Haaren. Taani stupste sie von der Seite an: „Das ist unser Werk. Sie sehen glücklich aus."

„Stimmt, das haben wir gut gemacht."

„Lass uns hoffen, dass sie sich nie streiten, sonst sind wir dann auch schuld."

„Dein Wort in Danas Ohr. Komm, wir verziehen uns. Wir werden hier nicht mehr benötigt."

# In der Dunkelheit

Shail sah vor sich nur Dunkelheit. Eine undurchdringliche Schwärze, in der es keinen Unterschied machte, ob er die Augen öffnete oder schloss. Die kalte Luft stellte die feinen Härchen an seinem Unterarm auf. In der Nase kitzelte ihn der widerlich süße Gestank von Verwesung.

Hinter sich hörte er Nox mit den Hufen scharren. Mit Wehmut beobachtete er, wie die Flammen an Nox' Hufen, Mähne und Schweif ausgingen, sobald sie ihr Ziel erreicht hatten. An einem Ort wie diesem wären diese Flammen überaus hilfreich gewesen.

Nox schnaubte und tänzelte unruhig auf der Stelle.

Shail klammerte sich an seinem Schwert und lauschte. Vor sich hörte er ein leises Wimmern eines Kindes. Es konnte eine Falle sein.

Behutsam schob er einen Fuß vor den anderen, das Heft seines Schwertes sicher in seinem Griff.

Oftmals hatte er sich gewünscht, dass Nox mehr wäre als nur ein Reittier. Stark, kaum verwundbar, flammende Hufe – Shail könnte sich keinen besseren Kampfpartner vorstellen. Aber Nox dachte nicht daran, ihn bei seinem Kampf zu unterstützen. Nox hatte seine eigenen Aufgaben.

Das Wimmern wurde allmählich lauter. Shail tastete sich weiter vor. Er schob seine Befürchtungen beiseite. Kein Weg führte daran vorbei, herauszufinden, wer oder was das Geräusch verursachte.

Mit seiner dröhnenden Stimme rief er in den Raum: „Du kannst die Dunkelheit auflösen. Ich bin hier, um dir zu helfen. Es ist nur ein Traum. Dein Traum. Jetzt wird alles gut."

Er hörte rechts neben seinem Ohr ein wütendes Zischen. Ohne zu zögern schlug er mit seinem Schwert zu. Nichts!

Das Wimmern vor ihm war einem angsterfüllten Keuchen gewichen.

Shail startete einen neuen Versuch: „Kannst du dich an die

Sterne erinnern? Den Mond? Wie schön sie scheinen und die Dunkelheit vertreiben. Beim Anblick der Sterne erwärmt doch dein Herz, nicht? Denk an die Sterne."

Etwas hielt ihn am Fuß fest. Beinahe wäre er nach vorne gestürzt, nur im letzten Moment fand er sein Gleichgewicht wieder. Wütend trat er um sich. Wieder nichts!

Irgendwo hinter sich hörte Shail ein warnendes bösartiges Zischen: „Siiiie gehört unssss …"

*Uns?!*

Kalter Schweiß rann ihm den Rücken hinunter. Inkuben waren Einzelgänger. Er hatte schon gehört, dass sie sich in Rotten zusammenschließen konnten, aber selbst hatte er es noch nie erlebt. Mit wie vielen hatte er es zu tun? Zwei? Drei?

Hinter sich hörte er Nox wiehern. Ein dumpfer Schlag. Ein schmerzerfülltes Zischen. Licht erfüllte das Gewölbe. Nox' Flammen mussten durch sein Austreten entfacht sein. Der Ort war riesig und leer. Shail sah in einiger Entfernung am Boden vier Gestalten, die sich um ein kleines Mädchen scharten. Hinter ihm war noch Nox' Angreifer. Ein Inkubus sollte es besser wissen und kein Nachtmahr angreife

Shail sorgte sich um das Kind. Obwohl er sie nur kurz gesehen hatte, war er sich sicher, dass sie das Opfer und keine Falle war. Sie war höchstens sieben, hatte lange dunkle Haare und trug ein hellgrünes Nachtkleid mit weißen Margeriten. Ihr Gesicht in ihren Händen vergraben wippte sie vor und zurück, während sich diese Unholde an ihrer Angst labten.

Das durfte nicht geschehen! Shail sprintete los, dorthin, wo er das Mädchen vermutete, quer durch den wieder stockdunklen Raum. „Kleines, ich komme. Diese Feiglinge werden dir nichts mehr antun. Ich beschütze dich", versprach er dem Mädchen.

Shail hatte dieses Versprechen schon unzählige Male gegeben und er hatte es nicht immer halten können. Aber Mut und Zuversicht waren die besten Mittel, um dem Mädchen in dieser Situation zu helfen. Bis er bei ihr war.

Plötzlich stolperte Shail über ein Hindernis. Mit lautem Scheppern, dicht gefolgt von einem metallischen Klirren, fiel er der Länge nach hin.

Er brauchte einige wertvolle Sekunden, um sich zu sammeln. Hastig tastete er auf dem Boden nach seinem Schwert. Aber außer geschliffenem Stein spürte er nichts.

Er hörte schlurfende Bewegungen auf sich zukommen. Shail

drehte sich hastig auf den Rücken. Er musste zu dem Mädchen, aber er hatte erst die Hälfte des Raums überwunden.

Keinen Meter von ihm entfernt zischte ein Inkubus zufrieden: „Meeiiinsssch!"

Eine kalte Hand tastete sich seinen Fuß entlang. Shail spürte die Kälte durch seinen Schuh hindurch. Er trat wild um sich und versuchte, die Hand abzuschütteln. Eine Zweite drückte sein Bein nach unten. Mit Entsetzen spürte Shail, wie kalte Finger von unten in die Hose hineingriffen. Sie umklammerten seinen Knöchel. Die Berührung auf nackter Haut entzog ihm seine Wärme und seine Zuversicht. Langsam kroch die Kälte sein Bein hoch. Oder war es die Hand selbst? Eine lähmende Trägheit erfasste ihn.

Er konnte hier liegen bleiben. Er konnte schließlich nicht jeden Kampf gewinnen. Vielleicht war seine Zeit gekommen. Seine und die des Mädchens.

Shail gab auf, nach seinem Schwert zu tasten, und wartete auf sein Schicksal.

Der Inkubus schmatzte und zischte genüsslich.

Shail glitt davon. Es konnte so einfach sein. Einfach da liegen und warten. Und das Mädchen … Das Mädchen! Ihre Zeit war bestimmt noch nicht gekommen.

Er griff nach dem Dolch an seinem Gürtel. Mit seiner ganzen Willenskraft klammerte er sich an die Waffe. In einer einzigen fließenden Bewegung zog er sie, setzte sich auf und stach mehrfach vergeblich um sich, bis er auf Widerstand traf. Er hörte ein schmerzerfülltes Zischen, das ihm in den Ohren brannte. Siegesgewiss stach er immer wieder auf seinen Gegner ein, bis dieser den Griff um Shails Knöchel lockerte.

Mit einem Satz sprang er auf seine Beine und trat in die Richtung des Inkubus. Dem dumpfen Keuchen nach musste er seinen Rumpf getroffen haben. Shail zögerte nicht und schlitzte ihm die Kehle auf.

Nach einer kurzen Verschnaufpause richtete er sich wieder auf und rief in den Raum: „Einer tot. Er kann dir nie wieder was tun." Seine Worte wurden mit wütendem Zischen beantwortet.

Wo war das Mädchen? Durch den Kampf hatte Shail seine Orientierung verloren, ganz zu schweigen von seinem Schwert. Die Kälte brannte noch immer in seinen Knochen. Es war nicht das erste Mal, dass Shail von einem Inkubus berührt worden war. Jede Berührung war auf ihre eigene Art verstörend gewesen. Sie lebten davon, Menschen ihre Lebensenergie abzusaugen. Und wann besaßen Menschen mehr Lebensenergie, als wenn sie Angst hatten?

Unbewusst summte Shail die Melodie des für ihn beruhigenden Kinderliedes Weißt du, wie viele Sternlein stehen?. Nachdem er die Melodie zum zweiten Mal gesummt hatte, sah er einen leuchtenden Punkt an der Decke.

Er reichte nicht aus, um den ganzen Raum zu erleuchten, aber er war hell genug, um den Inkubus, der sich gerade auf allen vieren an ihn heranschlich, zu enttarnen. Ohne zu zögern, stürzte sich Shail auf den Inkubus und stach ihm nach einem kurzen Gerangel in das Herz.

„Zwei tot. Seid ihr sicher, dass hier nicht ihr die Opfer seid?", lachte Shail die Inkuben aus. Kaum hatte er diese Worte ausgesprochen, fiel Shail sein Fehler auf. Regel Nummer drei: „Sprich immer nur die Schützlinge an!" Eine der wichtigsten Regeln.

Von allen Seiten wurden seine Worte mit wütendem Zischen beantwortet. Der Stern an der Decke fing an, zu flackern.

Eilig versuchte Shail seinen Fehler zu korrigieren: „Kleines, ist schon gut. Ich beschütze dich. Ich bin bald bei dir." Leise summte Shail wieder das Kinderlied, worauf der Stern aufhörte, zu flackern. Vorsichtig bewegte er sich auf den Stern zu, immer seine Umgebung im Auge behaltend. Sollte ein Inkubus es nur wagen, sich ihm in den Weg zu stellen. Je eher er sie tötete, desto schneller konnte er in den nächsten Traum ziehen.

Hinter sich hörte er ein leises Tappen. War dies das Mädchen, das zu ihm wollte, oder doch ein Inkubus?? Egal, was es war, er würde hier warten. Metall kratzte über Stein. Augenblicklich stellten sich seine Nackenhaare auf.

Sein Schwert! Eines dieser Monster hatte sein Schwert aufgehoben. Ein Inkubus mit einem Schwert! Und er hatte nur einen Dolch. Die Chancen, einen direkten Kampf zu gewinnen, standen nicht gut.

„Kohhmmm zuu mir. Dann lassss iccchh dasss Mädcchheen leeben." Das Zischen des Inkubus musste von hinten rechts gekommen sein.

Ein leeres Versprechen. Sie wollten das Mädchen so oder so töten. Aber er würde das verhindern. Das war sein Auftrag. Sein Job. Inkuben töten, Träumende retten, bis er versagte und selbst getötet wurde.

Shail wartete ab, mit jeder Faser seines Körpers bereit, sofort zu reagieren. Er hörte schmatzende Geräusche. Während er hier auf den Kampf wartete, saugten die Inkuben das Mädchen geradezu wie eine Spinne ihre Beute aus. Nur mit größter Willenskraft schaffte er, sich nicht blindlings in den Kampf zu stürzen.

„Essst, Brüder. Ssssssauuugt sssssiie aussss", zischte der Inkubus erneut.

Das Licht des Sterns flackerte wieder. Er hatte aufgehört zu summen. Er spürte die Angst des Mädchens, doch es musste sein, er konnte sich keine weiteren Fehler leisten.

„Traumssscchlleeiccherrrr!" Der Inkubus rollte das „r" selbstgefällig. „Dassss Mädchen issst bald tot!" Wie um seine Worte zu bestätigen, zischten und schmatzen die anderen Inkuben genüsslich.

Das Mädchen stieß ein ersticktes Wimmern aus. Shail musste sich beeilen. Zuerst der Inkubus, der es gewagt hatte, seine Waffe anzufassen.

Er rannte los und nach wenigen Schritten sah er, wie sich das Sternenlicht im Schwert spiegelte. Er sprintete so schnell er konnte. Kurz vor dem Inkubus ließ er sich auf die Seite fallen. Die Lederrüstung knirschte, als er über den Stein schlitterte. Der Inkubus hackte ungelenk mit dem Schwert in der Luft herum. Ohne Erfolg. Shail rutschte unversehrt am Inkubus vorbei. Dabei schnitt er gezielt mit seinem Dolch die Achillessehne seines Gegners auf.

Er rappelte sich auf und sprach gespielt unbekümmert: „Siehst du, Kleines? Das sind wirklich keine Wesen, vor denen du dich fürchten musst. Sogar mit Schwert stellen sie keine Bedrohung dar."

Sein Spott wurde mit einem wütenden Zischen quittiert: „Traaummssschleicher!"

Erleichtert stellte Shail fest, dass die andern zwei Inkuben vom Mädchen abließen und auf ihn zukrochen.

Shail stürzte sich auf den nächsten Inkubus. Mit einem gigantischen Satz landete er direkt vor ihm. Kraftvoll drückte er den Kopf des Inkubus herunter und rammte ihm den Dolch ins Genick. Ohne innezuhalten, rollte er von seinem Opfer weg. Keine Sekunde zu früh. Lautlos fuhr das Schwert neben ihm nieder und zerteilte den Inkubus in zwei Hälften. Wäre er nur einen Moment länger dort verharrt, wäre er jetzt tot.

Shail trat vom Boden nach oben aus, dem bewaffneten Inkubus in die Kniekehle. Dieser stolperte einige Schritte von ihm weg, ehe er das Gleichgewicht wiederfand.

Mit Schwung sprang Shail auf seine Beine. Er schaute von einem Inkubus zum anderen. Der Inkubus mit seinem Schwert stand bereits wieder und taxierte ihn. Zuletzt zwinkerte Shail dem Mädchen zu, das ihn mit hoffnungsvollen Augen anschaute.

Oberhalb des Kampfgeschehens fing ein zweiter Stern an zu leuchten. Er wurde immer heller und heller. Die Inkuben zischten wütend, kniffen die Augen zusammen und strauchelten. Shail stürmte auf den bewaffneten Inkubus zu. Dieser hob blutrünstig das Schwert. Auf halbem Weg warf Shail seinen Dolch. Nur Sekunden, nachdem der Dolch sich in den Bauch des Inkubus gebohrt hatte, zertrümmerte er mit seiner Faust dessen Gesicht.

Unter einem heulenden Zischen ließ der Inkubus das Schwert fallen. Shail griff nach seinem Dolch und schlitzte seinem Gegner beim Herausziehen die Bauchdecke auf. Stinkende Eingeweide quollen aus der Wunde. Der Inkubus kippte zur Seite, wimmerte erbärmlich, bevor er seine Augen das letzte Mal schloss.

Shail kümmerte sich nicht weiter um den toten Inkubus und griff nach dem Heft seines Schwertes. Das bekannte Gefühl des Kampfrausches durchströmte ihn. Siegessicher grinste er den letzten verbleibenden Inkubus an.

Inzwischen war der Raum hell erleuchtet und er konnte die widerlichen Gestalten genau erkennen. Ihre Haut war schwarz und schuppig, ähnlich einer Schlange. Sie hatten dunkle eingefallene Augen, keine Nase und einen langgezogenen Mund, der wie eine Schnauze geformt war. Aber dies war nicht weiter relevant. Die Gestalt der Inkuben war fluid und konnte sich entsprechend der Angst ihrer Opfer anpassen.

Wie ein Hund sprang der Inkubus auf allen vieren auf ihn zu. Noch im Flug schlug Shail ihm den Kopf ab.

Zufrieden steckte er sein Schwert weg und wandte sich dem Mädchen zu. Er sah, wie Nox ebenfalls gemütlich in ihre Richtung trottete. Ohne flammende Hufe sah der Nachtmahr aus wie ein gewöhnliches Pferd.

Shail kauerte sich neben das Mädchen und fragte sie: „Wie heißt du?"

Das Mädchen zitterte immer noch und schwieg.

„Schläfst du nicht normalerweise mit einem Teddy?", fragte er. „Ist er nicht hier bei dir?"

Das Mädchen schaute ihn stirnrunzelnd an, ehe es neben sich zu Boden schaute. Neben ihr lag ein Teddy. Sie packte den Teddy und drückte ihn ganz fest an sich.

Shail lächelte zufrieden. So funktionierten Träume nun mal, man musste nur an das Gute denken und es würde sich manifestieren.

Beruhigend strich er dem Mädchen über den Kopf, dann beugte er sich zu ihr und flüsterte ihr ins Ohr: „Es ist jetzt Zeit, aufzuwachen."

# Verliebt in einen Traum

„Hast du mich vermisst?" Rob lächelte Anthony verliebt an.
„Das weißt du doch," antwortete Anthony und stellte sich auf die Zehenspitzen, um ihm einen Kuss auf die Wange zu hauchen. Es war eine sanfte Berührung, die lange auf Anthonys Lippen prickelte.
Rob nahm seine Hand. „Wohin willst du heute gehen?"
Anthony tat so, als ob er überlegte. Er wusste es bereits. An den gleichen Ort wie jeden Traum. Den ganzen Tag über hatte er darauf gewartet, endlich wieder mit Rob dort sein zu können.
„Natürlich die Blumenwiese", sagte er schmunzelnd.
Die Umgebung verschwand und es erschien eine farbenfrohe Wiese. Die Luft war erfüllt vom Summen der Bienen und mit jedem ihrer Schritte flogen unzählige Schmetterlinge davon. In der Mitte stand ein mächtiger Apfelbaum. Unter diesem setzten sie sich hin und genossen das Ambiente.
Sie redeten über alles. Anthony wusste von Robs Lieblingsessen (Spaghetti) und seiner Lieblingsfarbe (Blau), er kannte sein Lieblingstier, seinen Musikgeschmack und vieles mehr. Er erzählte Rob bei jedem Treffen von seinem Tag. Er war wie sein persönliches Tagebuch, dem er anvertraute, was er erlebte, worüber er sich sorgte und welche Hoffnungen er hatte.
In diesem vertrauten Moment vergaß er, dass Rob nur ein Traum war. Er wusste, dass er nicht echt sein konnte. Wie auch? Aber bei jedem Treffen machte sein Herz einen Sprung und bei jeder Verabschiedung brach es ein kleines bisschen.
„Gibt es dich eigentlich?" Je öfter sie sich trafen, desto größer wurde die Sehnsucht, ihn außerhalb des Traums bei sich zu haben. Vielleicht gab es Rob wirklich und er träumte auch jede Nacht von ihm.
„Ich bin hier! Wir reden, wir berühren uns und wir lieben uns."
Rob gab Anthony einen langen Kuss. Anthonys Herz setzte für eine Sekunde aus.
„Träumst du das auch?" Es musste so sein. Sein Unterbewusst-

sein konnte sich das alles doch gar nicht ausdenken.

„Glaubst du, es sei nur ein Traum?"

„Ich …" Anthony wusste nicht, was er darauf antworten sollte. Er wollte nicht, dass es nur eine Fantasievorstellung war. Sein Wunsch war es, mit Rob zusammen zu sein. Ihn jederzeit anrufen zu können, ihn seiner Familie vorzustellen, mit ihm feiern zu gehen und gemeinsam einzuschlafen.

Robs Griff um seine Hand wurde fester. Sein Blick war durchdringend. „Ich bin mehr als nur ein Traum. Ich liebe dich! Aber ich träume nicht. Ich warte hier auf dich, bis du mich besuchen kommst."

„Du wartest hier auf mich? Den ganzen Tag?", fragte Anthony geschmeichelt. Was gab es für einen schöneren Liebesbeweis, als wenn jemand den ganzen Tag nur auf den Geliebten wartete?

„Natürlich!" Rob strich über Anthonys Hand. Die Berührung ließ Anthony einen wohligen Schauer über den Rücken laufen. Robs Finger waren wie immer eisig. Die Kälte kroch Anthonys Arm hinauf. Seine Gedanken und Fragen flogen davon und eine bekannte Lethargie erfasste ihn.

Die meisten Träume liefen nach diesem Schema ab. Sie redeten zuerst und irgendwann berührte Rob ihn und Anthony genoss diese zärtlichen Momente.

Unter schläfrigen Lidern blinzelte Anthony Rob an und fragte fast kraftlos: „Was passiert mit dieser Welt, wenn ich aufhöre zu träumen?"

Erstaunt hielt Rob in seinen Bewegungen inne. „Sie hört auf, zu existieren", presste er hervor.

„Wo gehst du dann hin?" Anthony setzte sich auf.

„Nirgends, ich bleibe hier!"

Verwirrt fragte Anthony: „Was ist denn hier?"

„Das Nichts!" Robs Augen wurden dunkel.

„Wie, nichts?"

„Nicht ‚nichts' sondern ‚das Nichts'! Es gibt dann nur Dunkelheit."

„Das ist ja schrecklich." Er umarmte Rob innig. Er spürte, wie Robs Rücken sich verhärtete, bevor er sich in der Umarmung entspannte.

Er nuschelte leise in Anthonys Halsbeuge: „Danke!"

Diesen Morgen lag Anthony lange in seinem Bett und dachte nach, begleitet von der leisen Hoffnung, nochmals wegzudämmern und Rob zu sehen.

Was bedeutete es, im Nichts zu sein? Bei dem Gedanken, keine Impulse zu erhalten, nur Dunkelheit und sich selbst zu haben, fing seine Kopfhaut an zu kribbeln. Es musste für Rob die Hölle sein. Er war jetzt in diesem Moment dort und wartete auf ihn. Er konnte sich nicht vorstellen, so zu leben.

Wobei, lebte Rob überhaupt? Vielleicht war „existieren" das bessere Wort.

Warum war Rob dort in dem Nichts? Es konnte aber auch sein, dass er sich das alles nur erträumt hatte. Dass nichts davon wahr war.

Nein, das konnte nicht sein. Er konnte sich so etwas doch nicht ausdenken.

Es musste einen Weg geben, Rob aus diesem Nichts zu befreien. Wenn es nur eine Möglichkeit gäbe, ihn hierhin mitzunehmen.

Ein Blick auf die Uhr zeigte ihm, dass er endlich aufstehen musste. Er war jetzt schon zu spät dran. Ächzend stieg Anthony aus dem Bett und schlurfte kraftlos ins Bad. Aus dem Spiegel schaute ihm ein Gespenst entgegen. Seine sonst rosige Haut war seit Tagen bleich und unter seinen Augen zeichneten sich immer tiefere Augenringe ab. Dafür, dass er in letzter Zeit mehr als üblich schlief, sah er erstaunlich übermüdet aus.

„Tony, Frühstück ist fertig!", rief seine Mutter von unten zu ihm hinauf.

„Jaahaaa!" Anthony verdrehte genervt die Augen. Seine Mutter wusste, dass er es nicht mochte, Tony genannt zu werden.

Tony hieß der Tiger auf den Frühstücksflocken. Früher als Kind wurde er aufgrund seines Namens und seiner Haare mit dem Satz „Tony, wo hast du deine Streifen verloren?" aufgezogen.

Eilig reinigte er sein Gesicht, bevor er frühstücken ging.

„Hast du mich vermisst?" Rob lächelte ihn verliebt an.

„Ich habe den ganzen Tag an dich gedacht", antwortete Anthony. „Ich möchte dir ein paar Fragen stellen."

„Du kannst mir alle Fragen der Welt stellen", versicherte ihm Rob. „Aber zuerst, wo willst du heute hin?"

Anthony überlegte nicht lange: „Lass uns in einem Wald spazieren gehen, beim Gehen redet es sich leichter."

„Wie du willst", lächelte ihn Rob an.

Sie gingen einige Schritte und standen von einem Moment zum nächsten in einem dicht bewachsenen Wald. In der Luft hing der Geruch von nassem Holz. Ein Weg, breit genug, um nebeneinander gehen zu können, schlängelte sich an den Bäumen vorbei.

„Ich habe an diesem Tag viel nachgedacht."

Rob nickte und wartete, bis Anthony weitersprach.

„Ich habe mich gefragt, warum du hier bist? Wie bist du hierher gekommen? Wie lange bist du schon hier? Wie hast du mich gefunden? Und wie …" Die letzte Frage ließ Anthony unvollendet in der Luft hängen.

Rob zuckte mit den Schultern. „Warum bist du hier? Wie bist du hierher gekommen? Wie hast du mich gefunden?"

Anthony war überrumpelt von Robs Gegenfragen. „Das ist etwas anderes", erwiderte er.

„Warum?"

„Ich wache wieder auf und verbringe nicht die meiste Zeit im Nichts." Anthony sah im Augenwinkel, dass Rob diese Antwort traf.

Rob griff nach seiner Hand, doch Anthony entzog sich und drehte sich zu ihm hin. „Du bist meinen Fragen mit Gegenfragen ausgewichen", beschwerte er sich.

Rob schwieg. Sein Kiefer mahlte und seine Hände waren zu Fäusten geballt.

Was wäre, wenn Rob gehen würde? Nein, das durfte nicht sein.

**65**

Er und seine doofen Fragen. Er wollte doch nur, dass es Rob gut ging.

Versöhnlich versuchte er, ihn zu beschwichtigen: „Schau, ich bin nicht hier, um mit dir zu streiten. Ich möchte nur verstehen …"

Anthony hob die Hände und schaute Rob flehend an.

„Ich verstehe es auch nicht." Rob blickte betreten zu Boden.

„Was verstehst du nicht?", fragte Anthony nach.

„Warum ich hier bin!" Rob ließ den Kopf hängen. „Ich war schon immer hier. Ich kenne es nicht anders. Darum liebe ich die Erzählungen aus deinem Leben so sehr. Sie geben mir Kraft."

„Du weißt also nicht, wie du hierher gekommen bist?"

„Nein!" Rob schüttelte den Kopf.

„Kannst du hier weg?" Inständig hoffte Anthony, dass Rob eine Möglichkeit kannte.

„Ich wüsste nicht wie."

Enttäuscht fragte Anthony weiter: „Bist du hier gefangen?"

„Bist du in deiner Welt gefangen?"

„Nein, es ist einfach meine Welt."

„So ist es diese hier für mich", erklärte ihm Rob.

„Wenn es eine Möglichkeit geben würde, würdest du mit mir in meine Welt kommen?"

Robs Augen leuchteten. „Ja, nichts lieber als das!"

In der Ferne hörten sie ein Wiehern. Anthony schaute Rob verwirrt an und fragte: „Gibt es hier Pferde?"

„Hast du an Pferde gedacht?"

„Nein!"

Rob wurde bleich und fing an zu schwitzen. Er nahm Anthony bei den Händen und schaute ihm tief in die Augen: „Anthony, mein Geliebter", sagte Rob sanft, „du musst mir jetzt gut zuhören. Es gibt hier einige böse Wesen, die mich jagen und töten wollen. Sie sind sehr selten und können dir nichts tun. Aber ich muss jetzt gehen. Wir treffen uns bald wieder." Mit diesem Versprechen drückte Rob ihm einen Kuss auf die Wange.

„Warte!" Anthony versuchte, ihn zurückzuhalten.

Rob schaute sich panisch um: „Ich kann nicht."

„Nimm mich mit!", flehte Anthony. Er durfte ihn hier nicht alleine zurücklassen.

„Es ist für dich sicher, vertrau mir", versprach Rob. „Wenn ich dich mitnehme, kann ich ihm nicht entkommen." Rob befreite sich von Anthonys Griff und war einen Wimpernschlag später weg.

Das Hufgetrampel wurde lauter und durch die Bäume konnte Anthony ein schwarzes Pferd mit seltsam leuchtenden Hufen erkennen. Der Reiter hielt einige Meter vor Anthony.

Er hatte noch nie ein solches Pferd gesehen. Es war riesig und schwarz wie die Nacht. Die Hufe standen in Flammen. Flammen! Die Augen schauten ihn mit einer erschreckenden Intelligenz an. Das Ungetüm neigte den Kopf, ganz so, als ob es ihm zur Begrüßung zunickte.

Schwungvoll sprang der Reiter von seinem Pferd. Mit einem Ausfallschritt federte er die Landung ab, dabei knirschte seine Lederrüstung. Der Mann war einen Kopf größer als er. Trotz der Rüstung zeichneten sich seine Muskeln ab. Sein Kopf war kahlgeschoren und ein dicker Vollbart umrahmte sein Gesicht. Mit Schrecken stellte Anthony fest, dass der Fremde ein Schwert am Gürtel trug.

Mit einer tiefen, dröhnenden Stimme fragte dieser: „Bist du allein?" Sogar die Bäume zitterten unter dem Bass.

Anthony nickte ängstlich.

Verwirrt runzelte der Fremde die Stirn und warf seinem Pferd einen kurzen Blick zu. „Hattest du einen Alptraum?"

Obwohl das Aussehen dieses Gespanns nicht freundlich war, löste sich Anthonys innere Anspannung. Die Frage nach einem Alptraum barg doch eine gewisse Ironie. Trotzdem musste er sichergehen: „Sind Sie ein Monster?"

Der Mann lachte laut. Er tätschelte den Hals seines Pferds: „Nox, heute hast du wohl einen Fehler gemacht!" Nox bäumte sich auf und wieherte, was den Mann unbeeindruckt ließ. Dann schaute er mit einem väterlichen Blick Anthony an und sagte: „Ich bin Shail Al'hamir."

„Hast du mich vermisst?" Rob trat unsicher von einem Fuß auf den anderen. Er schaute Anthony nicht direkt an, sondern knapp an ihm vorbei in die Ferne. Sein Lächeln reichte nicht bis zu den Augen.

„Immer!", flüsterte Anthony und streckte seine zitternde Hand nach Rob aus.

Zaghaft griff Rob Anthonys Hand. Robs Hand war noch kälter als sonst. Anthony widerstand dem Drang, seine wegzuziehen. Stattdessen versuchte er, Robs Hand mit einer sanften Massage zu wärmen.

Anthony war froh, dass er Rob endlich wiedersah. Seit Rob ihn allein im Traum zurückgelassen hatte, waren einige Nächte vergangen. Er hatte schon befürchtet, er würde Rob nie wiedersehen.

„Wo willst du heute hin?", fragte Rob.

Diese übliche Frage, als ob nichts geschehen sei, stieß Anthony sauer auf. Rob war davongerannt, hatte ihn mehrere Nächte allein gelassen! Und jetzt? Keine Entschuldigung! Keine Erklärung. Einfach zurück zum Alltag.

Aber vielleicht musste er ihm nur ein wenig Zeit lassen? Ein Streit war das Letzte, was Anthony wollte.

„Zur Blumenwiese", sagte Anthony möglichst unbekümmert.

Rob blinzelte kurz.

War ihm etwas aufgefallen?

Die Welt um sie herum verschwand und die üppige Blumenwiese erschien. Sie setzten sich wie immer unter den Apfelbaum.

„Wie war dein Tag?", fragte Rob gelassen.

„Ich habe mich gefragt, ob ich dich heute sehen werde!" Der Vorwurf war nicht zu überhören. Anthony bereute sogleich, das Thema angesprochen zu haben. Er wollte Rob Zeit lassen. Immer diese Vorsätze, an die er sich nie halten konnte.

Rob schwieg.

„Wo warst du?" Anthony kaute auf seiner Unterlippe. Würde Rob ihm eine Antwort geben?

Rob zupfe einen Halm ab und spielte damit. „Soll ich wieder gehen?"

„Natürlich nicht!", brauste Anthony auf. „Du sollst mit mir reden!"

„Worüber?" Rob knickte den Halm und wickelte ihn um den Finger.

Ungeduldig warf Anthony die Hände. „Das weißt du doch! Warum bist du weggerannt? Wo warst du so lange?" Leiser und traurig fügte er hinzu: „Ich war besorgt, dass dir etwas passiert ist. Ich hatte Angst, dass ich dich nie wiedersehe."

Rob schaute vom Grashalm auf. Anthony glaubte, Bedauern in seinem Blick zu erkennen.

„Ich habe dir bereits gesagt, warum ich wegmusste. Ein Schattenschleicher hat sich in deinen Traum geschlichen."

„Shail sagte, er jage nur Inkuben!"

„Hast du mit ihm geredet?", fragte Rob entsetzt und schaute über die Wiese.

„Beruhig dich, er ist nicht hier. Shail sagte, er jagt Inkuben, die den Menschen schaden und sie in Alpträumen gefangen halten. Das trifft nicht auf dich zu, du musst also keine Angst haben."

„Doch, muss ich." Rob wickelte den Halm wieder von seinem Finger ab.

„Warum?"

„Weil ich ein Inkubus bin!"

Anthony lag mit offenen Augen und pochendem Herz im Bett. Er hörte Robs Worte noch in seinen Ohren klingeln: „Weil ich ein Inkubus bin!"

Er schloss die Augen. Er wollte zurück zu Rob. Er hatte so viele Fragen. Was bedeutete es, dass er ein Inkubus war? Warum

jagten Schattenschleicher Inkuben? Warum hatte er ihm nichtfrüher gesagt, was er war?
Er nahm sein Handy und suchte nach Inkubus.

In ·ku ·bus
Substantiv, maskulin [der]
       1a. (im römischen Volksglauben) nächtlicher Dämon; Alb
       1b. (im Volksglauben des Mittelalters) Teufel, der mit einer Hexe geschlechtlich verkehrt.

Inkuben waren Dämonen? Rob war ein Dämon! War er böse? Nein, das konnte nicht sein.
Anthony dachte an die vielen schönen Stunden mit Rob zurück. So etwas konnte man nicht vortäuschen.
Einer Eingebung folgend suchte er im Internet nach dem Namen Shail. Er fand einige Männer, die Shail hießen, aber kein Foto passte zu dem Shail in seinem Traum.
Frustriert legte er sein Handy zur Seite und stand auf. Er fühlte sich wieder wie gerädert. Dies würde ein langer und anstrengender Tag werden.

„Hast du mich vermisst?"
Anthony verdrehte die Augen. Er hatte heute keine Nerven für diese übliche Prozedur. „Stell nicht immer die gleiche Frage. Du weißt, dass ich dich vermisse, wenn du nicht bei mir bist."
Rob nickte.
„Warum hast du mir nicht gesagt, dass du ein Inkubus bist?"
Heute wollte Anthony endlich einige Antworten. Keine Ausflüchte. Keine Gegenfragen.
„Was hätte es geändert? Hättest du mich aus deinem Traum verbannt?"
„Bist du ein Dämon? Glaubst du nicht, ich hätte es verdient, zu

wissen, mit wem ich meine Zeit verbringe?"

„Ändert es nachträglich etwas an unserer gemeinsamen Zeit?"

Anthony schwieg. Hatte sich was geändert? „Woher weiß ich, dass ich dir vertrauen kann?"

„Liebst du mich noch?" Rob griff nach Anthonys Hand. Seine innere Unruhe verflog augenblicklich.

„Ja!" Anthony nickte.

„Willst du mit mir zusammen sein?"

„Ja!"

„Nicht nur im Traum?"

„Nichts lieber als das!" Anthony lächelte in sich hinein. Die Vorstellung, mit Rob richtig zusammen zu sein, war schöner als jeder Traum.

„Dann hilf mir aus dieser Welt zu entkommen", forderte Rob ihn auf.

Anthonys Gefühle wirbelten durcheinander. Er wollte nichts lieber, als mit ihm zusammen zu sein. Er war das Beste, was ihm je passiert war. Aber was war, wenn er sich irrte? War Rob das Risiko wert?

„Wie?", flüsterte Anthony.

Rob beleckte sich die Lippen. „Ich habe eine Theorie." Sein Blick hielt Anthonys gefangen. So durchdringend hatte er ihn selten angesehen.

„Die wäre?", fragte Anthony neugierig.

„Kennst du diesen Zustand, wenn du nicht wirklich schläfst, aber trotzdem schon träumst."

„Wenn man die Realität mit dem Traum vermischt?"

„Genau, dann kannst du eine Brücke von dieser zu deiner Welt sein und vielleicht kann ich dann in deine Welt kommen."

„Und wie komme ich in diesen Zustand?"

„Ich weiß es nicht, vielleicht gibt es Techniken, mit denen du aus Träumen erwachen kannst!"

Anthony nickte bedächtig. Vielleicht gab es diese wirklich. Er würde, wenn er wach war, nachforschen.

„Komm, jetzt lass uns unsere Zeit genießen." Rob pflückte Anthony eine Blume und steckte ihm diese hinters Ohr.

„Entspann dich", wies Rob ihn an. „Atme tief ein, zähle bis vier und atme genau so langsam wieder aus."

Anthony tat, wie Rob ihn anleitete. Sie hatten inzwischen schon viele Male versucht, diesen Zustand zwischen Traum und Wirklichkeit herzustellen. Anthony hatte einige Techniken erlernt, wie er aus den Träumen aufwachen konnte, aber meistens war er dann ganz weg und es fiel ihm schwer, wieder zurück zu Rob zu kommen. Doch Rob drängte ihn immer weiter.

„Jetzt stell dir vor, in deinem Zimmer zu sein, du liegst in deinem Bett und träumst!"

Die Blumenwiese verschwand und Rob sah sein Schlafzimmer.

Es war nur ein Traum, aber Anthony spürte, wie die Traumwelt zu flackern begann und sich Risse auftaten.

Er blinzelte. Die Traumwelt und die reale verschwammen ineinander.

In einem Moment beugte Rob sich über ihn, im nächsten war Rob weg.

Rob strich ihm über die Wange. Die Kälte seiner Hände breitete sich in Anthonys Körper aus. „Du machst das gut. Ich kann deine Welt bereits sehen."

Anthonys Arme und Beine waren bleischwer. Warum konnte er sie nicht bewegen? Was war los? Verzweifelt warf er seinen Kopf hin und her.

„Entspann dich", flüsterte Rob ihm ins Ohr. Seine Stimme beruhigte ihn. Rob war da und passte auf ihn auf.

Von weitem hörte er ein Pferd wiehern. Hatte es Rob ebenfalls gehört? Er wollte was sagen, aber seine Lippen schienen wie zugenäht.

Rob strich weiter über seine Wange.

Die Augenlider flackerten erneut. Anthony konnte Rob in beiden Welten sehen. Ein triumphierendes Lächeln trat auf Robs Lippen.

„Du hast es geschafft! Das hast du gut gemacht!" Rob beugte sich vor und küsste Anthonys Stirn. „Jetzt schlaf." Er strich zärtlich über Anthonys Wange.

Frieden breitete sich in Anthony aus. Nun stand ihnen nichts mehr im Weg. Sie würden für immer zusammen sein.

Anthony sah, wie Reue in Robs Augen aufflackerte.

Was war los? Hatte es doch nicht geklappt. Hatte sich Rob geirrt?

Mit beiden Händen umfasste Rob Anthonys Hals und drückte zu.

„Rob …"

„Wo bin ich?"

Anthony setzte sich auf. Er rieb sich den schmerzenden Hals. Er war in einem Wald. Er hörte Regen auf die Blätter prasseln. Erstaunlicherweise blieb er trotzdem trocken. Neben ihm saß Shail, der attraktive Hüne.

Er schaute ihn ernst an: „In deinem Traum."

„Bin ich tot?"

„Dann wärst du nicht hier." Shail zuckte mit den Schultern.

„Was ist passiert?"

Was war passiert? Wo war Rob? Sie waren in seinem Zimmer und … „Rob, er hat mich gewürgt." Tränen rannen Anthony die Wange. Hatte er das nur geträumt?

„Wer ist Rob?", wollte Shail wissen.

„Mein Freund …", Anthony zögerte. „Zumindest dachte ich das." Er musste Shail sagen, dass Rob ein Inkubus war. Aber es konnte ebenso gut sein, dass er sich getäuscht hatte. Was war, wenn Rob ihn gar nicht gewürgt hatte und er ihn jetzt verraten würde? Er würde Rob ausliefern.

Anthony schluckte. Es schmerzte und der Traum fing an zu flackern. Das konnte nur bedeuten … die Schmerzen mussten echt sein. Rob hatte ihn wirklich und wahrhaftig so stark gewürgt, dass er jetzt Schmerzen beim Schlucken hatte. Rob hatte versucht, ihn zu töten! „Rob ist ein Inkubus …", Anthonys Worte hingen in der Luft. Er wollte mehr sagen.

Er wollte Shail erklären, wie es dazu kam. Dass er kein dummer Junge war. Dass die Gefühle echt waren.

„Wo ist der Inkubus jetzt?"

„In meiner Welt."

„Wie meinst du das? In deiner Welt?"

„Hier in den Träumen ist seine Welt. Meine Welt ist die, in der ich lebe!"

Shail ballte seine Hände zu Fäusten. „Du hast einen Inkubus aus den Träumen befreit?", grollte er.

Anthony verbarg sein Gesicht in den Händen. „Es tut mir leid", schluchzte er.

„Du musst mir sagen, wo du wohnst!"

„Er liebt mich", verteidigte sich Anthony.

„Dass du noch lebst, ist pures Glück!"

„Aber …" Wie konnte es sein? Er wollte Rob in seiner Welt haben. Er wollte, dass Rob bei ihm war. Er hatte endlich das, was er sich am sehnlichsten gewünscht hatte. Jetzt sollte das alles falsch sein?

„Er hat dich nur benutzt!"

„Was machst du, wenn du ihn gefunden hast? Bringst du ihn zurück?"

Shail zögerte einen Moment. „Ich töte ihn!"

Kr'ulthea kauerte sich tiefer in seine Nische. Sie gehörte zu einem schäbigen Gebäude in einem schäbigen Viertel einer noch schäbigeren Stadt. Geschützt vor Wind und Regen lag zusätzlich eine alte ranzige Decke auf dem Boden, die nach nassem Hund stank, aber ihn minimal vor der Kälte schützte.

Warum war es bloß so eisig in der Nacht? Verzweifelt rieb er sich seine tauben Finger. Er hatte sich die Schuhe ausgezogen und seine Füße im Schneidersitz zwischen seine Kniekehlen geklemmt. Aber es half alles nichts. Die Kälte kroch unermüdlich weiter durch seine Kleider bis in die Knochen. Er hatte nicht gewusst, dass Knochen überhaupt frieren konnten.

Es würde noch Stunden dauern, bis die Sonne sich über den Horizont recken und die Kälte der Nacht für eine kurze Zeit vertreiben würde. Dann musste er sich aufmachen, um etwas zu essen zu suchen. Mit ein bisschen Glück würde er sich ein warmes Getränk ergattern. Er hasste die Nahrungsmittel der Menschen. Alles schmeckte fad, hölzern und immer gleich. Aber nach einer solch kalten Nacht wie dieser war ein dampfender Kaffee fast genauso vorzüglich wie die Lebensenergie eines Menschen. Im Gegensatz zu Kaffee schmeckten Lebensenergien immer unterschiedlich, kraftvoll, süß, zärtlich oder bitter. Eine Explosion der Sinne. Kaffee jedoch hatte immer einen ähnlich herben Geschmack. Je stärker dieser war, desto mehr Leben konnte es in ihm wecken.

Seine Augen schlossen sich in kürzeren Abständen. Bald würde ihn ein wohliger Schlaf überrollen. Er freute sich auf diesen, da er so für einige Stunden vergessen konnte, wie sehr er fror und hungrig war.

Noch bevor er die Augen öffnete, roch er die salzige warme Luft und hörte das weit entfernte Brechen der Wellen. Verschlafen spähte er zwischen den Augenlidern vor und wurde von der Sonne geblendet. Diese wärmte sein Gesicht, ohne es zu verbrennen.

Genüsslich räkelte er sich, bevor er sich kurz aufsetzte. Erfreut stellte er fest, dass er sich in einer Hängematte zwischen zwei Palmen befand, und legte sich wieder gemütlich hin. Hier konnte es sich träumen lassen. Er hätte es nicht besser treffen können. Er streckte sich und beobachtete, wie der Strand sich im Wippen der Hängematte auf und ab bewegte.

Das war sein Zuhause, stellte er zufrieden fest.

„Na, na, na! Was sind wir denn schläfrig heute?“ Die Stimme triefte vor Sarkasmus.

Kr'ulthea richtete sich alarmiert auf. Wer hatte hier gesprochen? Diese unverkennbare Herablassung konnte nur zu einem Inkubus gehören. Zudem erkannte er diese Stimme.

Eine dunkle Gestalt löste sich auf allen vieren aus dem Schatten der Palme. Er hatte sie vorhin gar nicht bemerkt.

Ein mulmiges Gefühl überkam ihn. Warum hier? Warum jetzt? War ihm keine Ruhe vergönnt?

Mit abgehackten Bewegungen kroch die Gestalt, die Kr'ulthea sogleich als seinen ehemaligen Gefährten Lr'otlhe erkannte, auf ihn zu. Kurz vor der Hängematte richtete er sich zu seiner vollen Größe auf und schaute mit kalten Augen auf ihn herab.

Er wusste, dass Lr'otlhe sein Erscheinungsbild so gewählt hatte, um Menschen möglichst viel Angst einzujagen. Aber hier waren keine Menschen, hier war nur er. Er kannte seine wahre Gestalt. Wenig furchterregend.

Zudem war die Verwandlung an ihm verschwendete Liebesmüh, hatte er doch bereits jede noch so grauenerregende Erscheinungsform selbst angenommen. Ihn konnten die großen Fangzähne, der Chitinpanzer, die schwarzglänzenden Glieder, der Giftstachel oder der Geruch nach Verwesung nicht täuschen. Also warum sich überhaupt die Mühe machen?

„Dachtest du, du könntest dich nach einem Festmahl ungestört in deiner alten Welt erholen?", fragte Lr'otlhe bissig.

Ein bisschen zu laut und zu fröhlich antwortete Kr'ulthea: „Na ja, du weißt doch, wie man sagt: Zu Hause ist es doch am schönsten."

„Wie die Menschen sagen", korrigierte Lr'otlhe ihn. Nach einem kurzen Schweigen fuhr sein Gegenüber fort: „Erzähl, ist es wirklich so, wie die Legenden sagen? Gibt es so viele Menschen, dass sie ihre Wohnstätten sogar übereinander stapeln müssen, damit alle genügend Platz haben?"

„Es gibt sogar noch viel mehr! Es sind so viele, dass sie selber davon sprechen, dass ihre Welt überbevölkert ist." Er holte einmal tief Luft, bevor er nachsetzte: „Es sind so viele, dass sie sich gegenseitig die Luft zum Atmen stehlen."

Die Augen seines Gegenübers glänzten fiebrig. „Unmöglich", hauchte er.

„Doch möglich", grinste Kr'ulthea.

„Warum kommen dann so wenige hierher?"

Das war eine gute Frage. Er hatte sich auch schon oft darüber gewundert. Jeder Mensch musste schlafen. Eigentlich müsste ihre Traumwelt genauso überbevölkert sein und genügend Nahrung für jeden einzelnen Inkubus bieten. Er hatte bis jetzt nur eine plausible Erklärung gefunden. „Die Menschen sind krank. Viele schlafen nicht richtig. Sie sind stetig auf Draht, so dass sie verlernt haben, sich zu entspannen und richtig zu schlafen." Kr'ulthea schluckte trocken, bevor er seine Frage stellte: „Warum bist du hier?"

„Um zu sehen, ob die Geschichten über dich wahr sind. Du hast es tatsächlich geschafft, die Welten zu wechseln?" Lr'otlhes Augen glänzten fiebrig: „Du musst mir erzählen, wie du das geschafft hast!"

„Wie?" Kr'ulthea kratze sich verlegen am Kopf „Wie es die Legenden besagten, ein Mensch hat mich in seine Welt geträumt."

„So einfach?" Lr'otlhes Augen weiteten sich ungläubig.

„Ja!"

„Und was machst du jetzt hier?"

„Was ich hier mache?", wiederholte Kr'ulthea die Frage, um Zeit zu gewinnen. Die Wahrheit konnte er ihm schlecht gestehen. Die Menschenwelt war die Hölle und hier konnte er sich ein wenig ausruhen, fernab von Hunger und Kälte. „Ich verdaue. Dort ist es wie im Schlaraffenland, manchmal genieße ich hier die Ruhe. Du solltest es auch mal probieren", wechselte er schnell das Thema. Zudem wäre er dann nicht mehr der einzige erbärmliche Inkubus in der Menschenwelt.

„Beneidenswert! Vielleicht mache ich das tatsächlich. Ich hätte da bereits eine passende Menschin gefunden."

„Frau", korrigierte er ihn automatisch.

„Wie dem auch sei, ich wünsche dir noch ein erfolgreiches Verdauen." Mit diesen Worten zog sich der Inkubus in die Schatten zurück.

Kr'ulthea schaukelte noch ein wenig weiter in der Hängematte. Die Kälte in seinen Füßen war das untrügliche Anzeichen dafür, dass die Menschenwelt ihn bald zurückrufen würde. Er hatte dem anderen Inkubus nicht erzählt, wie es wirklich war. Unzählige Menschen hatte er berührt, in jeder Lebenssituation, aber keinem einzigen hatte er Lebensenergie absaugen können. Lange hatte er es nicht wahrhaben wollen, aber irgendwann konnte er sich der Wahrheit nicht mehr verschließen, er war nicht als Inkubus in die Menschenwelt gekommen, sondern als einer von ihnen. Als junger, fremd aussehender Mann, ohne Papiere und ohne für Menschen nützliche Fähigkeiten war er ein Niemand. Er musste froh sein, wenn er nicht auf der Straße erfrieren oder verhungern würde. Doch das konnte er dem anderen Inkubus nicht erzählen, denn dann würde er ebenso zu Nahrung werden.

Die Sonne kitzelte ihn in der Nase. Er öffnete die Augen und sah vor sich einen dampfenden Becher Kaffee und ein Brötchen liegen. Verwundert schaute er sich um. Er sah den Rücken eines jungen Mannes mit rötlichen Haaren, wie er sich eilig von ihm entfernte.

Lächelnd griff er nach dem Kaffeebecher. Manchmal war diese Welt doch nicht so schlecht. Sie hielt unerwartete Überraschungen bereit. Er nippte am Kaffee und die wohlige Wärme strömte durch seinen Körper.

# Strahlenkatze

Salied rollte sich zufrieden auf der Fensterbank hoch über dem Gerichtssaal zusammen. Durch seine zusammengekniffenen Augen beobachtete er, scheinbar gelangweilt, so wie es nur Katzen können, die Geschehnisse unter sich.

„Ich rufe den Historiker Robert Lehn in den Zeugenstand."

Die Tür zum Gerichtssaal öffnete sich und ein verstrubbelter Mann stolperte herein. Seine dunklen Haare standen in alle Richtungen ab und auf seiner Nase thronte eine Brille. Unsicher durchsuchten seine Augen den Raum, während er zum Zeugenstand huschte.

„Nennen Sie Ihren vollständigen Namen und Ihr Geburtsdatum", forderte der Richter ihn auf.

„Robert Zug Lehn, geboren am zweiten März Fünfundzwanzigfünfundzwanzig."

„Sie wissen, warum Sie heute hier sind?"

„Ja, euer Ehren."

Der Richter schaute ihn erwartungsvoll an.

„Gewiss als Sachverständiger", ergänzte Robert.

„Einspruch, die Priesterschaft des Atoms zweifelt diese Stellung an. Historiker sind nicht viel mehr als Geschichtenerzähler und untergraben das Atomare." Der Anwalt des Priesters zeigte anklagend zu Robert. Sein Mandant nickte zustimmend.

Salieds Schnurrhaare zuckten. Obwohl sie seine Art als Gottesboten verehrten, verachtete er den Fanatismus der Priesterschaft. Salied hatte keine Ahnung, ob er wirklich von Gott gesendet wurde, aber er genoss nur zu gerne die dadurch entstehenden Annehmlichkeiten. Zum Beispiel das weiche Kissen, auf dem er lag, die Schale Milch beim Eingang und das Schauspiel unter ihm.

Der Richter runzelte die Stirn und seufzte. „Einspruch zur Kenntnis genommen."

Robert stimmte in das Seufzen mit ein.

„Tragen Sie vor, was Sie vorzutragen haben", forderte der

Richter ihn auf.

Robert fuhr sich mit der Zunge über die Unterlippen. „Ich …, ich meine, wir, meine Forschergruppe und ich, haben Evidenzen gefunden, die belegen, dass es sich bei den angeblichen Tempeln …“

„Einspruch!“

„... ausbuddeln wollen, um todbringende Orte handelt.“

„So etwas kann nur ein Verdammter kundtun.“

Der Richter schlug mit dem Hammer auf den Tisch. Er schaute den Anwalt ernst an. „Einspruch abgewiesen.“

Der Priester öffnete den Mund, schloss ihn aber wieder, ohne ein Wort gesagt zu haben. Salied grinste in sich hinein. Das musste den Priester und seinen Anwalt einiges an Selbstbeherrschung gekostet haben. Aber der Richter wagte sich hier weit aus dem Fenster. Die Priesterschaft war mächtig und überaus nachtragend.

„Wenn diese unterirdischen Tempel ausgebuddelt werden, dann wird das die ganze Welt zerstören. Diese Tempel wurden vor tausenden von Jahren als Endlager der damaligen Zivilisation für ihren hochgiftigen Abfall verwendet.“

Der Anwalt der Priesterschaft stand auf. „Herr Lehn, worauf stützen Sie Ihre haltlosen Geschichten?“

„Die Beweise liegen alle da. Schauen Sie nur die Piktogramme an.“ Er zeigte auf ein rotes Dreieck. „Die Wellen oben sollen die Seuche darstellen, der Totenkopf, nun ja … den Tod. Und der rennende Mensch stellt dar, dass man sich davon fern halten sollte.“

„Das ist lediglich Ihre Interpretation.“

„Nun, der Totenkopf lässt da nicht viel Spielraum“, erwiderte Robert.

„Natürlich lässt er das! Er ist seit jeher ein Zeichen für das Göttliche. Die Strahlen werden Gott erscheinen lassen und uns ins Paradies führen“, echauffierte sich der Priester. Sein Anwalt legte ihm mahnend die Hand auf den Arm.

Der Historiker schüttelte den Kopf. Salieds Schnurrhaare zuckten. Mit Priestern zu diskutieren war selten eine Freude. Es sei denn, man wollte den Verstand verlieren.

Der Richter schaute den Sachverständigen mit gerunzelter Stirn an. „Haben Sie keine weiteren Beweise?“

„Doch, natürlich.“ Robert holte einen ausgebeulten Aktenordner aus seiner Tasche. „Hier finden sie unzählige

Schriften, die wir übersetzt haben. Tafeln vor den angeblichen Tempeln ..."

„Wurden die Übersetzungen von der Priesterschaft legitimiert?" Der Anwalt zog spöttisch seine Augenbrauen in die Höhe.

„Nein!"

„Trotzdem haben Sie die Kühnheit, zu behaupten, dass Ihr wildes Mutmaßen der Wahrheit entsprechen soll. Das müsste Ihnen doch auffallen, Herr Vorsitzender. Dieser sogenannte Historiker biegt sich seine Fakten so zurecht, wie es ihm gerade passt."

„Hören Sie, wenn nur die kleinste Chance besteht, dass wir Recht haben, dann müssen Sie das berücksichtigen. Das Öffnen der Tempel bedeutet das Ende unserer Zivilisation. Schauen Sie doch nur die Strahlenkatze an." Robert zeigte auf Salied, der seine Ohren aufstellte. „Sie leuchten grün, bei Tag und Nacht. Früher waren Katzen braun, schwarz, weiß oder grau, aber bestimmt nicht leuchtend grün. Das ist eine genetische Mutation die durch die atomare ..." Robert zögerte kurz. „atomare Verseuchung hervorgerufen wurde."

„Verseuchung!" Der Priester japste nach Luft.

Salieds Schwanz zuckte.

Der Anwalt hob anklagend die Hand. „Nichts als Hetze. Dieser sogenannte Sachverständige ist ein Verleugner ..."

„Ich versuche nur, die Welt vor einem großen Fehler zu bewahren."

Der Richter schlug mit seinem Hammer mehrmals auf den Tisch. „Ruhe!"

Die drei Streithähne verstummten augenblicklich.

„Nach eingehender Überlegung der vorgebrachten Bedenken und ..."

Salied stand auf und sprang von seinem Podest auf dem Boden. Die Anwesenden beobachteten seinen Gang andächtig.

Er hatte genug gehört. Der Richter würde die Priester ermahnen, vorsichtig zu sein. Die Priester würden zustimmen und sich dann nicht daran halten, die Tempel öffnen und sterben. Robert würde sich bis zum Ende seiner Tage, was Salieds Einschätzung nach nicht mehr allzu lange sein würde, Vorwürfe machen. Menschen waren so berechenbar.

Es war Zeit für seine Milch und dann ein Bad in der Sonne.

# Mindtraveller

Eine wohlige Ruhe umgab ihn. Endlich Stille. Wieso konnte es nicht immer so sein? Nicht mehr das ewige Hin- und Her-Rennen von einem Arzttermin zum anderen. Keine schreienden Kinder. Keinen Lärm. Doch dieser Frieden bedeutete, dass sein Wirt bald tot sein würde. Dann musste er sich einen Neuen suchen. Ein Hauch von Trauer streifte ihn. Ein sonderbares Gefühl, selbst Trauer zu empfinden. Er hatte selten so lange mit einem Wirt verbracht wie mit diesem. Er war dabei gewesen, als Betty ihr Kind gebar. Das wochenlange Rumliegen nach der Geburt war für ihn die angenehmste Zeit seiner Existenz gewesen. Doch sie hatte sich aufgerappelt. Die Liebe für ihr Baby hatte ihr Kraft gegeben, ihn zu verdrängen. All seinen Einflüsterungen zum Trotz hatte sie zurück ins Leben gefunden. Er hatte miterlebt, wie ihre Tochter Marlies aufwuchs, wie ihr Mann dick wurde und wie Haustiere kamen und gingen. Betty hatte ein bürgerliches Leben geführt. Von außen musste es perfekt ausgesehen haben. Ein beeindruckendes Haus, ein hingebungsvoller Mann, eine bildschöne Tochter und sie erfreute sich stets bester Gesundheit. Dennoch hatte er immer wieder Erfolg mit seinen Worten gehabt. In einem verlässlichen Zyklus verfiel sie der lähmenden Lethargie. Tage, an denen sie kaum aus dem Bett kam. Eine perfekte Symbiose für ihn. Genügend Lebenswillen, um unter seinem Einfluss nicht aufzugeben, zu wenig, um nicht hin und wieder davon aus dem Leben gedrängt zu werden.

Durch Bettys halb geschlossenen Augen schaute er die Menschen an, die in ihrem Krankenzimmer ein und aus gingen. Wen sollte er als nächstes auswählen? Die Krankenschwester? Ihr gekrümmter Rücken und die tiefen Falten, die ihren grimmigen Gesichtsausdruck unterstrichen, waren erfahrungsgemäß Anzeichen dafür, dass sie für seine Einflüsterungen zugänglich wäre. Krankenschwestern trugen oftmals die Last der Welt auf sich, und zur Belohnung bekamen sie immer wieder einen Arschtritt vom Leben. Wenn er ihr in stillen Momenten der inneren Selbstzweifel die Sinnlosigkeit des Seins vor Augen führte, bestand eine reelle Chance, dass sie sich diesen ergeben würde. Dagegen sprach, dass Krankenschwestern oftmals zäh und aufopferungsbereit waren. Alles, was sie leisteten, machten sie nicht um ihrer selbst willen.

Eine andere Möglichkeit wäre, von seinem Wirt über die Krankenschwester zu einem anderen Patienten zu springen. Aber diese waren mit Krankheiten verseucht. Seine Wirte sollten sich der Traurigkeit hingeben und nicht von Seuchen geschüttelt im Bett liegen. Von außen sah beides ähnlich aus, aber im Innern war das etwas vollkommen anderes.

Die Tür zum Krankenzimmer öffnete sich einen Spalt weit. Bettys Tochter Marlies schlüpfte geräuschlos ins Zimmer. Sie betrachtete ihre im Sterben liegende Mutter einen Moment. Ganz so, als könnte sie nicht glauben, dass ihr Fels in der Brandung bald nicht mehr sein würde. Tränen sammelten sich in ihren Augenwinkeln. Sie überbrückte die räumliche Distanz und setzte sich zur Linken der Sterbenden. Liebevoll strich sie über die Hand ihrer Mutter.

Er spürte, wie Bettys Herz schneller schlug. Alle wussten, dass es zu Ende ging. Betty hatte sich gewünscht, dass sie ihre Tochter noch einmal sehen könnte. Da dies nun geschehen war, breitete sich ein innerer Frieden in ihr aus und drückte ihn an den Rand ihres Geistes.

„Sie ist nur gekommen, um sicherzugehen, dass du bald tot sein wirst. Sie liebt dich nicht. Sie will nur dein Erbe!"

Seinen Worten schenkte Betty kein Gehör. Sie verklangen resonanzlos im Geiste und er verblieb weiter in seiner Ecke.

Marlies! Er konnte in Marlies' Geist eine Heimat finden. Wenn sie nur ansatzweise so wie ihre Mutter war, hätte er eine erfreuliche Zeit vor sich. Aber er wusste es besser. Sie war nicht wie Betty. Sie war wild und ungezügelt. Ständig getrieben, Neues zu entdecken. Das Leben brannte in ihr.

„Mama?"

Betty röchelte. Der Raum wurde von einem anhaltenden hohen Ton erfüllt. Er spürte, wie Bettys Seele davon glitt. Er versuchte, sie zurückzuhalten. Sie durfte nicht gehen! Nicht jetzt! Er war noch nicht bereit. Er musste zuerst einen geeigneten Ersatz finden. Verzweifelt klammerte er sich an sie.

Doch wie Wasser rann sie ihm durch die Finger und ließ ihn

allein in ihrem Körper zurück.

„MAMAAAA!", schluchzte Marlies.

Eine Krankenschwester und ein Arzt kamen ins Zimmer geeilt. Der Arzt beugte sich über sie. Das war vielleicht seine letzte Möglichkeit, um Bettys Körper zu verlassen. Er sammelte seine verbliebene Kraft zusammen und sprang.

Adrenalin und Testosteron pumpten im Körper des Arztes und drückten ihn an den Rand seines Geistes. Hier war kaum Platz, um sich zu entfalten. Er schaute durch die Augen seines neuen Wirtes und betrachtete den toten Leib von Betty.

Betty, mit der er Jahrzehnte verbracht hatte. Länger als mit jedem anderen Wirt zuvor. Es waren gute Jahre gewesen, hatte sie ihr Leid doch stoisch und ohne zu jammern ertragen. Er suchte in den Gefühlen des Arztes nach einer Regung, der Verlust eines Patienten musste schließlich Gefühle auslösen, an denen er sich laben konnte. Aber der Arzt hatte dem Leichnam den Rücken zugedreht und sein Versagen bereits vergessen.

# Nicht Wässern

„Wir haben nur noch ein einziges Bett." Der rosafarbene Mann schaute sie entschuldigend mit seinen stechenden Schweinsaugen an. Seiner Hautfarbe entnahm Riak, dass er ein Ulbrianer war. Dieses Volk war kleinwüchsig, wie der Mann ihr gegenüber bewies, reichte er ihr doch nur bis zum Bauchnabel. Die Hautfarbe der Ulbrianer wechselte mit ihrer Stimmung. Riak glaubte, sich zu erinnern, dass Rosa innere Unruhe bedeutete. Die Farbe passte zum regen Treiben im Hostel.
„Gut, das nehme ich", antwortete Riak ohne zu zögern.
„Sicher? Die Sache ist die, es ist ein Zweibettzimmer und das andere Bett ist bereits gebucht."
Riak verdrehte die Augen: „Schnarcht er?"
Der Mann schüttelte den Kopf: „Nicht, dass ich wüsste."
„Stinkt er?"
„Nein!"
„Raucht er?"
„Ich glaube nicht, dass …"
„Hat er Blähungen?"
„Ehm … nein?", der Ulbrianer wirkte zunehmend verunsichert. Seine Hautfarbe wechselte von Rosa zu Lila.
„Stiehlt, trinkt, oder isst er vielleicht sogar kleine Kinder zum Frühstück?"
Noch ehe der Mann antworten konnte, sprach Riak weiter: „Da ich kein kleines Kind bin, nichts Wertvolles bei mir trage und im Zweifelsfall einfach mittrinken würde, wären mir diese Punkte sowieso gleichgültig. Ich nehme das letzte Bett."
*Hoffentlich dauert das nicht mehr allzu lange. Noch eine Nacht in einem Pilotensessel und ich kann mir gleich eine neue Wirbelsäule kaufen. Ein Bett für eine Nacht ist wesentlich preiswerter.*
„Oh … ok!" Ihr Gegenüber brauchte einen Moment, um sich zu sammeln, ehe er mit seiner antrainierten bürokratischen Stimme weiterfuhr: „Bitte füllen Sie das Formular aus und halten Sie den Intergalausweis in das Lesegerät" Er zeigte auf das Licht, das

auf seinem Tresen aufleuchtete.

Riak tat, wie ihr geheißen wurde, danach nahm sie das Formular an sich.

Bereits bei der zweiten Frage stutzte sie. Mit hochgezogenen Augenbrauen warf sie ihm einen missbilligenden Blick zu und fragte: „Grund des Aufenthalts? Ihr seid das einzige Hostel in diesem Meteoritenfeld. Was könnte mein Grund sein, hier zu übernachten? Bäume pflanzen?"

Der Mann musste sich ein Grinsen verkneifen, dabei nahm seine Haut einen wohlwollenden türkisfarbenen Ton an. So professionell, wie man es von einem Mann am Empfang eines schäbigen Hostels erwarten würde, antwortete er: „Wie wäre es mit Durchreise?"

„Weshalb dann diese Frage? Hier reist doch jeder nur durch? Bleibt denn wirklich jemand länger als eine Nacht?"

„Ja, tatsächlich weilt ihr Zimmerpartner schon seit vier Nächten bei uns im Hostel."

„Moment mal! Lebt er noch?"

„Gewiss", versicherte er ihr und nickte dabei eifrig.

Wenn dieser Typ mich verarscht, dann wird er es bereuen.

Nun doch mit einem unguten Gefühl im Magen füllte Riak den Rest des Fragebogens aus, so wahrheitsgemäß, wie sie einschätzte, dass es das Hostel verdiente.

Der Mann überreichte ihr einen Schlüssel.

Erstaunt betrachtete Riak diesen. Sie hatte noch nie einen physischen Schlüssel in der Hand gehabt. Er fühlte sich kühl und schwer in ihrer Hand an. Riak ahnte Böses, was die Einrichtung betraf.

Als sie endlich ihr Zimmer gefunden hatte, schaute sie abwechselnd die Tür und den Schlüssel an und überlegte, wie sich damit die Tür öffnen ließ.

Aufs Geratewohl hielt sie den Schlüssel an die Tür. Nichts

passierte. Dann an den Türgriff. Wieder nichts! Genervt fuhr sich Riak durch die Haare. Eine geraume Weile musterte sie die Tür, bis ihr ein Loch unterhalb des Griffs auffiel.

Das musste es sein! Riak war überzeugt, endlich des Rätsels Lösung gefunden zu haben. Ungelenk steckte sie den Schlüssel ins Schloss und wartete.

Verwirrt runzelte sie die Stirn und seufzte. Sie zog am Türgriff und trat mehrfach gegen die Tür.

Sie versuchte dasselbe am Schlüssel, ziehen, nicht treten, versteht sich. Gegen den Schlüssel treten brachte wohl wirklich nichts. Im Gegenteil, die Wahrscheinlichkeit stand gut, dass sie sich selbst dabei verletzen würde.

Sie rüttelte am Schlüssel und wie durch ein Wunder drehte sich dieser im Schloss. Sie vernahm ein leises Klicken, das sie innerlich jubeln ließ. Erwartungsvoll schaute sie die Türe an. Nichts.

*Diese Sternschnuppe von einer Tür. Wenn diese Tür nicht defekt ist, fress' ich den Ulbrianer. Jetzt reicht es! Dem zeig ich, was mit seinem Schlüssel machen soll.*

Sie versuchte, den Schlüssel herauszuziehen. Doch dieser steckte nun fest. Wutentbrannt trat sie mit voller Wucht ein letztes Mal gegen die Tür. Mit einem leisen Knarren öffnete sich die Tür einen Spalt.

*Ich habe es geschafft, mit dieser vorsintflutlichen Technik umzugehen, obwohl sie defekt war. Das soll mir erstmal einer nachmachen!*

Selbstzufrieden betrat sie den Raum.

Riak betrachtete das Zimmer und war von der Einrichtung angenehm überrascht. Das Zimmer war asketisch eingerichtet, aber sauber. Die beiden Betten standen eine Armlänge auseinander, die Laken waren strahlend weiß und dufteten frisch. Der Boden bestand aus kühlen beigen Fliesen. Die Wände waren in einem ähnlichen Farbton gestrichen. Es hingen weder Bilder an den Wänden, noch gab es Teppiche am Boden. Gegenüber den Betten stand ein kleiner Tisch mit zwei Stühlen. Auf dem Tisch stand eine dünne Vase mit einer einzelnen Blume. Am Ende des Raums befand sich eine geschlossene Tür. Riak vermutete, dass diese zum Badezimmer führte. Am meisten verwunderte sie jedoch, dass sie ihren Mitbewohner nicht entdecken konnte. Sie musste gestehen, sie war nicht unglücklich darüber, dass dieser nicht miterlebt hatte, wie sie ihren Frust an der defekten Tür ausgelassen hatte.

Sie griff nach dem Schlüssel, doch dieser steckte noch immer fest. Sie rüttelte und drehte ihn um die eigene Achse. Überraschenderweise hielt sie ihn nach einigen Umdrehungen in den Händen. Mit einem lauten Knall warf sie die Tür zu.

Hinter dem Tisch in der Ecke sah sie etwas Grünes. Riak kippte den Kopf auf die Seite und betrachtete die Ecke genauer.

*Ein Blobb!? Dieser zweibeinige Regenbogen. Verfluchter Gauner.*

In der Ecke hinter dem Stuhl war ein götterspeiseförmiger grüner Haufen mit zwei großen dunklen Augen. Er schaute sie an.

Riak machte einen Schritt auf ihn zu, doch er drückte sich weiter in die Ecke. Blobbs besaßen keine Haut oder feste Körperpartien und nutzten keine Kleidung. Sie waren ein intelligenter Haufen Gelee mit Augen. An seinem Körper klebte ein Zettel mit der Aufschrift: „Nicht wässern!"

*Natürlich werde ich keinen Blobb wässern. Ich bin ja nicht lebensmüde. Nur müde, sehr müde!*

Wider besseren Wissens gab Riak sich einen Ruck. Noch ein Versuch mit Höflichkeit.

Riak kniete sich hin und stellte sich vor: „Hey, ich heiße Riak d'Ratura. Wir teilen uns heute Nacht das Zimmer, aber morgen bist du mich wieder los." Sie kannte die Sprache der Blobbs nicht und besaß kein Übersetzungsmodul. Aber sie hoffte, dass der Blobb sie verstand.

Der Blobb schaute von Riak zur Tür und wieder zurück. Sein Körper wabbelte, wie angestoßene Götterspeise. Er drückte sich hinter dem Tisch an der Wand entlang zur anderen Seite durch. Mit trockenem Mund beobachtete Riak, wie der Blobb unkontrolliert wabbelte.

*Jetzt bloß nicht …*

Der Blobb stieß gegen den Tisch. Die Vase rutschte zum Rand. Riak hechtete nach vorne und versuchte, die herunterfallende Vase aufzufangen. Vergebens!

Klirrend fiel die Vase zu Boden und zersprang in tausend Stücke.

Mit angehaltenem Atem wandte sie ihren Blick dem Blobb zu.

*Der Blobb ist nass! Das war's. Ich werde sterben.*

Der Blobb blies sich wie ein Luftballon auf und wuchs immer weiter.

Riak rappelte sich hoch und rannte aus dem Zimmer. Dabei ließ sie die Tür offen stehen. Aus dem Augenwinkel konnte Riak sehen, wie Teile des Blobbs aus der Tür quollen.

Ungeduldig wartete Riak am Empfang.

*Zuerst die Türe defekt, dann ein Blobb im Raum. Und immer noch kein Bett.*

Der Ulbrianer betrat den Empfang mit nach hinten gekrempelten Ärmeln. Seine Haare standen zu allen Seiten ab und seine Haut war gräulich. Abgeschlagen ging er zum Tresen. Er öffnete den Mund, doch Riak kam ihm zuvor: „Ich verlange mein Geld zurück!"

„Bitte?" Der Mann schaute sie erstaunt an und seine Haut wechselte von grau zu orange.

„Mein bezahltes Zimmer, das ich wohl kaum mehr beziehen kann!", erklärte Riak langsam und betonte dabei jedes Wort.

Die Haut des Ulbrianers wurde immer greller: „Das ist ja wohl die Höhe, zuerst wässern Sie den Blobb. Nur mit Mühe und Not konnten wir die totale Katastrophe abwenden. Es hat Stunden gedauert, bis er trocken war und jetzt wollen Sie …"

„Ich? Ich soll ihn gewässert haben?", fragte Riak entsetzt und zeigte auf den Blobb.

„Blub!", meinte der Blobb.

Der Ulbrianer schaute den Blobb an, der weiter in seiner Sprache blubberte und nickte bestätigend. Danach schaute er Riak anklagend an und sagte: „Haben Sie nicht mehrfach gegen die Tür getreten?"

„Doch, aber nur …"

„Also sind Sie doch ins Zimmer eingebrochen?", stellte ihr Gegenüber fest, seine Haut nahm ein bedrohliches Dunkelrot an.

„Nein! Ich ..."

„Und dann sind Sie fluchend ins Zimmer gestürmt"

„Es war doch auch mein …"

„Dann haben Sie nach dem Blobb gesucht?"

„Ich wusste doch ..."

„Und als Sie ihn gefunden haben, bedrohten Sie ihn!"

„Ich wollte mich doch nur vor…"

„Und als er fliehen wollte, haben Sie ihn mit Wasser bespritzt, in der Hoffnung, er würde platzen!"

„Warum sollte ich sowas machen? Das ergibt doch keinen Sinn!"

„Wer sagt uns, dass ihr ihn nicht töten wolltet!"

„Ich?" Riak war entsetzt. „Da stand eine Vase auf dem Tisch. Der Blobb hat den Tisch umgeworfen und die Vase ist zu Boden gefallen."

„Das ist ja wirklich lächerlich! Wir würden nie eine mit Wasser gefüllte Vase in das Zimmer eines Blobbs stellen." Der Ulbrianer hatte inzwischen eine dunkelrote, beinahe schwarz wirkende Hautfarbe. Riak wusste, dass seine Geduld am Ende war. Er stemmte die Hände in die Hüfte. „Also bitte den Intergalausweis, sonst hole ich die Frachtwache."

Riak erbleichte bei der Vorstellung, wie die Frachtwache ihr Schiff durchsuchen würde. Kopfschüttelnd zückte sie ihren Intergalausweis und trottete danach zurück zu ihrem Schiff.

*Vielleicht finde ich ja eine gebrauchte Wirbelsäule. So teuer sind diese inzwischen gar nicht mehr.*

# Danksagung und Trivia

Ein herzliches Dankeschön an dich für den Kauf dieses Buches. Ich hoffe, du hattest Spaß. Wenn dir das Buch Unterhaltung geboten hat, würde ich mich über eine positive Rezension freuen. Weitere Geschichten findest du kostenfrei auf meinem Blog (www.diegedankenwelten.com).

Dieses Buch hätte ich nicht ohne Unterstützung meines Partners in Crime Erik schreiben können. Er hat unermüdlich alle Geschichten gegengelesen und mich mit unzähligen Anmerkungen auf Trab gehalten. In diesen Geschichten ist genau so sein wie auch mein Herzblut. Für diese bedingungslose Unterstützung bin ich ihm unendlich dankbar.

Ein weiteres Dankeschön geht an alle anderen, die mich unterstützen. An meine Mutter, die unzählige Geschichten von mir gegenliest. An andere Autoren, von deren Erfahrungen ich profitieren konnte. Und natürlich nicht zuletzt an jeden Leser.

Die meisten Kurzgeschichten sind im Rahmen von Schreibübungen entstanden. Zum Beispiel beinhaltete die Schreibübung für Nächtlicher Besuch, dass jemand Geräusche in der Nacht hört. Beim Fuchs sollte jemand einem Fuchs in den Wald folgen. Ich konnte dabei nicht widerstehen, meine Lieblingsfantasywesen, die Fae, ins Spiel zu bringen.

Verwandt, aber nicht gleich den Fae sind die Feen. Die Idee für die Entscheidungsfee ist beim Hören eines Podcasts entstanden. Dort wurde von einer Entscheidungsfee im übertragenen Sinn gesprochen. In meinem Kopf zeichnete sich offensichtlich ein ganz anderes Bild. Manchmal lasse ich mich auch von Musik inspirieren, wie bei Mindtraveller von einem gleichnamigen Lied.

Hingegen entsprang die Idee zur Geschichte über die Strahlenkatzen einem Zeitungsartikel. Ein Freund hat gelesen, dass die sichere Unterbringung von Atommüll und die dazu benötigte Beschriftung immer wieder ein heiß diskutiertes Thema sei. Kurz gesagt, er hat diese Geschichte in Auftrag gegeben. Das war übrigens die gleiche Person, die mir überhaupt die Idee zu dem Buch gegeben hat. Es versteht sich natürlich von selbst, dass er ein Exemplar des Buchs geschenkt bekommt.

Du siehst, die Quellen meiner Inspirationen sind so divers wie meine Geschichten.

Auf meinem Blog finden sich viele weitere Kurzgeschichten. Darunter auch mehrere Abenteuer von Riak. Diese sind Eriks absolute Lieblingsgeschichten. Vielleicht wird es irgendwann sogar ein Almanach der Gedankenwelten – Riak special geben. Und ich plane bereits, welche Geschichten ins Almanach der Gedankenwelten 2 kommen werden.

Willst du mehr über meine Geschichten, über mich als Autorin und den Grund, warum ich in meinem Freundeskreis als Crazy Cat Lady bekannt bin, wissen, dann schau bei Instagram unter Samarra LeFay vorbei.

Samarra LeFay
- Autorin -

# Über die Autorin

Samarra LeFay ist in der Schweiz geboren und aufgewachsen. Seit jeher liebt sie Fantasygeschichten in allen Formen. In der Kindheit waren dies vor allem Bücher, Filme und Serien. Später kam noch Pen and Paper dazu. Mitte dreißig fand sie die Liebe zum Schreiben und Geschichten erzählen und seitdem lässt sie das Weltenbauen nicht mehr los. Mit Worten Bilder zu malen, die mal witzig, mal traurig oder mal unheimlich sind. Am liebsten mag sie es, wenn sie ein Fantasysetting mit einer psychologischen Note versehen kann, wie in ihrer Kurzgeschichte Mindtraveller.